前田康子歌集

SUNAGOYA SHOBŌ

現代短歌文庫

砂子屋書房

前田康子歌集☆目次

『色水』（全篇）

I

自撰歌集

『ねむそうな木』（抄）

I

歌論・エッセイ

解説

前田康子歌集

『色水』（全篇）

I

小さき充実

野の中に朝顔咲けり秋の日を誰か上手にめくりて過ぎぬ

初めての通せんぼされ前髪が心細かり子は木犀の下

ぎっしりと菫の種子は詰まりたり小さき充実てのひらに載す

草なかに胡瓜草だけ選りわけて摘みたり私の脳は静かに

会話より書物の多いこの部屋に住み慣れ過ぎて星を見に行く

流星と彗星の違い聞きながら愛についてまだ考えてる目は

「あなたは」というとき　折りたたまれた君を広げるように言う

君の夜に目を閉じているエゴの花ひとつふたつ落ちてくる気して

山あじさい

脚ぶらさげ待ちたる川の岩の辺にいくつもカワゲラ脱皮せしあと

残業とう時間私にもうなくて山あじさいの暗がりにいる

解剖に果てたるラットの供養塔山かげにたち鳩がとまりぬ

父子草、埃がついているような花土手に坐れば脚に触れてる

抱かれしあとの身体のように倒れたる自転車ありぬ夏草の土手

幼子もUVカットクリームを塗りて寝かさるベビーカーのうち

田植えせし男の足跡丸くありそこに泳げる蝌蚪を掬えり

車前草の花揺れ合いて祖父の家の古き便器を思い起こせり

ふるさとのシロツメクサはどこのより太った花だと思い輪にする

こわがりの子供のようにも見える母私を叱る元気が足りない

トラウマも深く関わっているのだろう母を分析しつつ眠れり

本堂は掃き清められ読経用スピーカーだけ黒く置かれる

トラクターのあとに続いて椋鳥は土をつつけり嘴汚し

初夏の籐の椅子にて向き合えばタイ語など淡く話せり

鈴の音聞くとなんだか気持ちいい子は眠りかけながら言う

十字に紐かけ小さな札ついて届きし昔の小包というは

星の形

冬の虹大きくかかり比叡には黒き僧侶がつぶつぶといる

なぜ星は☆の形をしてないのマフラーの中ゆ声は訊きたり

梅干しの種恥ずかしそうに出したるは大人だけかなこの食堂に

蠟燭を二、三ともせば少しだけつつましやかな子供となれり

いつまでもぱあの形に負けている手袋よけて子ら登校す

学校がいやだとこの子まだ言わず花梨の木のもとへ我を連れ来る

先生に頭《ず》を下げ出でぬ懇談の部屋をスリッパの音ひきずりて

水中に渦巻いている球根の根が貝類のように見える日

柚子入れし鞄が匂う夜の道小さい順に眠たくなりぬ

イスラム教徒の少女

ドアを閉め祈りに行けるイルハムを子らは静かに息して待てり

お孫さんと呼ばれていた日の夏帽子黄色いリボン二本が垂れて

ぴょんぴょんと私が跳べば二人子は真似して跳べりどんな場所でも

時　計

ちりんちりん破魔矢の鈴を鳴らしつつ元日の道白く平らなり

元日のローソンに来て駄菓子など買うを喜ぶ子らは並びて

千両の実まだ欲しそうにしながらよその庭先見る鵯と我子

水はじく水鳥の胸見ていたり冬がだんだんそれていく日に

ユリカモメあれはま白き磁器ではない悲しみの音伝わるわけない

いつも時計進めていたる友多くほんとうの時刻を私に聞きぬ

誰彼にお守り買いて渡したりふくろに小さな鈴の音する

にぎやかにインド映画は終わりたり映画を見るに体力がいる

川原にはアメリカ栴檀草ばかり黒い切り絵のように残りぬ

子の凧は桜の枝に引っ掛かり上級生が取りて持ち去る

藤棚に乗りし黄色いブーメラン「へ」の字の形この夜冷えたり

フリスビー、カイト、風船この手から失くなりしもの空をさまよう

赤いものばかりを私にくれる父三歳のときから変わっていない

ターン

オシリスやイシスらの目に囲まれて脅えるでもなし靴先動かし

美術品になりし神々真上からライトあてられ眼見開く

すいれんを見るため我は跪く古代の女のように水際に

この町にムスリム何人か住んでいて眼の動きが皆似ていたり

ベリーダンスのレッスン

三十五歳《さんじゅうご》にて初めて買いしトウシューズ床にすわりて素足にはきぬ

レバノンの曲に合わせて舞うときに古き時間が身体をゆする

ベール静かに外して顔を見せるときのほほえみが特に難し

草の上で踊ってみたいと思うとき遠いところに腕は伸びたり

ターンしてターンしている間に風は過ぎ誰か遠くの方で泣きたり

色水

今日我は暗がりにいて紫の蜆蝶ほどの明るさしかない

通院をしていた頃のその陽射し写真のなかに残りて痛し

腕と腕だけが向き合って訊ねられたり白き診察室

たくさんのエノコロたちがつないでる時間の中を通り抜けたり

鯉の背が見え隠れして池の面はただにくらかり雨が近づく

火傷のあとなかなか消えぬ三十代後半の身を陽に晒したり

傘は頬で支えている　雨の日に自転車に乗り私ができること

私を褒めるばかりの友といて蠟梅の香を告げる間もない

竹のごとく乾いた口腔話すたび孤独の神は出入りしたり

死という奴が誘い続けているのだなもの食むときも眠れるときも

白南天実を垂れている路地を行く誰彼励まし我は空っぽ

オシロイバナ両手に摘んで色水を作って遊ぼう君と日暮れは

モチモチの木

ブルーベリーの鉢盗られたと町内のひと言い合えばその鉢が欲し

ねっとりと樹の蜜垂れて光る昼そこに私は吸い込まれたい

「少年A」「少年H」の文庫本積まれて歳月はたまらなく過ぐ

囲碁サロン「天元」に子の名札あり一番下の級にとどまる

自信なき子を褒めやれば手を垂れて「いつも同じほめ方」と責む

折り紙で作りしほどにぴったりと桔梗のつぼみ角《すみ》が合わさる

モチモチの木

絵本めくるたびに豆太は走りたり今日もじさまのために走れり

モチモチは栃の木のところんころん落ちてる所我は知ってる

ひんやりとした秋の土やわらかく虫達出入りすその秋の土

ファーブルの一つの行に感心す子は眠る前目を瞬きて

わがままをめったに言わない下の子がひよこ売り場の前を動かぬ

つゆくさ・おしろい

出町柳《でまち》駅過ぎれば夜は山の匂いぐんとしてきて洛北に入る

つゆくさは朝に咲くこと　おしろいは夕に咲くこと寂しくあらぬ

つゆくさの青が冷たく燃えている　引き寄せられて野の底に立つ

無花果のような匂いの身体なりエレベーターに他人といれば

ひょうたんの括れに秋は近づきて形悪きも
良きも重たし

前半生は捨てハムなりしハムスター子のて
のひらにぺたりと眠る

ひどく毛が抜ければそれは死の予兆　ハム
スターを囲みて言えり

もう秋が冷たく垂れてくるという綿をちぎ
りて巣箱に入れむ

ふうせん虫沈んでやがて浮かびくる水の底
なる時間拾いて

鞍馬山の日陰に柔き葉を巻けるおとしぶみ
達　静かな作業

カワラノコチコチ

激しく打ち合いをして終わりたる碁石にう
っすら指の汗あり

ストッキングの畳み方など教わりき新妻の
ころ義母も若くて

この教師に母であること試されてスリッパ引き摺り教室を出る

自動シャンプー台にてがちゃがちゃとやかんのごとく頭は濯がれ

いもうとの我に見せたる手品して兄は遊べり幼子たちと

柊《ひいらぎ》社《しゃ》背よりも低き二の鳥居首をすくめてくぐりておりぬ

祈らずに頭を空っぽにしにきたと言えば氏神笑いておらむ

恋のことばかり祈りし若き日が雪の向こうに見え隠れする

地の下の時間ゆっさり流れ行きカワラノコチコチ枯れしコチコチ

眼という二つの部屋に入りくるユリカモメたち同じ顔して

事故

祖父祖母の寂しい咳を思い出す救急病棟に老人《おいびと》と寝て

アルペジオの薄い楽譜を置いたまま私だけがいない食卓

リネン室の整理整頓見ていれば事故の日の我が遠のいていく

「錆は寂しがりやです」検査室の一角に貼られいし紙片

渡り廊下にお経唱えるひといたり病棟の朝六時に始まる

しましまの靴下脱いで折れし脚に陽をあててみる白き屋上

入院と同時にイラク戦争始まる

車椅子部隊もあると民兵の列は続けり　銃は胸に抱き

自衛隊駐屯地近くの図書館に通っていた

隊員が少女の我にも敬礼す　駐屯地の門広く開けられ

戦争が終わりに近くなりし頃事故で破れしジーンズ捨てる

砕け折れし骨意識して行くときに世界の端はギザギザギザ

羊歯たち

松葉杖平らな道を探したり三本足の足音不思議

カゲロウが脱皮に使いしこの網戸風に吹かれて少したるみぬ

寝そべりて本読むときに圧《お》されたりふたつの胸はたぷたぷとして

身長に合わせてもらいし松葉杖壁にもたれて我を待ちおり

羊歯たちが私の脚を噛んでいるそんな夢見て怪我の日は過ぐ

古びいし車椅子なりきしきしとまわして行けば手に錆はつく

再手術までの時間を羊歯や蔦、苔はあまりに静かに生える

術後の時間は横に流れて鉢植えのミミカキグサを思い出したり

夕暮れの路地に身体は浮き上がり行く先向けて脚が動かぬ

つゆむし

つゆむしがきちんと翅をそろえたり曜日感覚なくなる週に

姫スイレン二、三が咲ける水中に腸のようなる茎が見えたり

「ケラの手は土竜のようだ」土竜などみたことのなき子が言いに来る

どくだみの匂いがすれば生きている気分強まり立ち上がりたり

妻たちは何を話せるふっくりと志野焼ほどの体寄せ合い

コンビニに昼来るときに少しだけＯＬだった気持ちに戻る

墨汁の匂いをどこかにつけし子が部屋内を
行ったり来たりしている

「鳥海山」読めぬＤＪ口ごもり深夜のラジオ
に我は振り向く

乳房だけがまさしく生きている感じまっす
ぐつんと前を向いて

大雨に打たれっ放しのゼラニウムどの町角
に来てもありたり

湖のある方角を思いたり私の脳はほんのり
灯る

再手術

何枚も青いシートをかけられて水槽の底な
り手術室は

オペ室に我だけ素足　アジアの食器がかた
かた運ばれる夢

断片でしかない君のことは心電図打つごと
に現れ消える

身体中の血の重たさで目覚めたり麻酔のの
ちどれくらいか経ち

膝に映る私の影は水色と思えば手術着脱がされており

瞼にも血は通いたりじんじんと廊下を曲がり我は歩きぬ

木製のもの見当たらぬ病室に繃帯だけがやわらかにある

金属の釦が冷えて熱のある身体にチカチカあたりて寒し

ガーゼよりもれし血のつくシーツかな隠ししままに退院したり

外つ国ゆ帰りしごとく懐かしき家族に会いて炊事始めぬ

治されて生きる身体を見てほしい風梳いているあの楡の木に

熱　湯

後遺症という長き時間が来るだろう空が青くて油断してしまう

熱湯をかければ苔は防げるとアドバイスあり何か恐ろし

おみなごの寝姿丸く黴めいて真昼の部屋は湿りてゆけり

ボウフラは魚に次々呑まれ次々と消えていくのが気持ちいい朝

わらじ編みなどしたき春の夜冷たき土間にひとり座りて

子の友の母親亡くなりて

満点の答案用紙仏前に供えられたり果物の香は満ち

「戦争」に振り仮名を打ち赤丸をもらいてきたりその幼き字

色つきの夢を見てはいけないと医師のごとくに君は言いたり

眼にも匂いがあると思いたり唇の先少し触れれば

鉄の匂いの寂しさだけ残りたりひとのからだの下に敷かれて

白　線

死に果てし金魚を埋めし植木鉢掘り返したい衝動湧きぬ

ため池は譜面のように静まりて残り時間が薄暗くある

歩きつつ道の真ん中幼子は時間が重くて腕を垂らせり

開きっ放しのお前の耳が太陽にさらされていく川風のなか

鮎太、怪我

頭撲ちシャツにつきし血洗わずに見よと言いたりどういうことか

血のつきしコンクリートは夜のうちに雨降りてもう跡もなかりし

今よりもお前がもっと傷つく日くると思えばざわざわと竹

ひんやりと頬光らせて眠りたり私の言葉に疲れしこの子

白線を誰かが上手に引いているグラウンドふわり土埃して

寸胴の体つきして幼子ら夕風のなか手を広げたり

御池《おいけ》から出町柳へ六千歩あるいて秋は我が物となる

法隆寺解体図

怒り多き日の終わりには寝転びて古き法隆寺解体図見る

力肘木《ちからひじき》　雲斗《くもます》雲肘木《くもひじき》組み合いて柱支うる図気持ち良かり

きらりきらり水計りに水溜めて水平をみる飛鳥の人は

海葡萄さわさわこぼれる心地して今日体から声が出せない

サイレンも町内放送もなかりしをばらばらと日暮れに入る町は

事故で抜けし髪の毛薄く生え来たり犬撫ぜるごとそこをさわれり

鈎針は時々光を跳ね動く　日なたに母がいるかもしれぬ

風も木の葉も鳥も吹き抜けアルハンブラ宮殿に窓ガラス無し

ため池

うねうねとコードが伸びて新春に絵馬の字乾かすドライヤーあり

ロシア語でうがいしているような声男子トイレの窓の方から

黒っぽいゴムのようにも冬の日の五重の塔は男くさかり

泣くために邪魔な眼鏡はこんな時こわれそうに顔にのってる

赤南天白南天の実子は集め鳥が来る日を静かに待てり

晴れていても傘持ち歩く日のように母を案ずる冬窓に立ち

ため池のように時間は塞がれぬ父母が食べ
眠り継ぐ部屋

目覚めれば必ず見えし天井の染みの形よ心
病みし日に

毎日が天井を見て終わる日々夏でありしか
匂いもあらず

寂しさや子供の頃の冬陽射し毬藻を飼いし
水槽ひとつ

プチ家出プチダイエットプチ鬱や若ければ
何も怖くなかった

縁側で祖母がすることぼんやりと見てない
ようで見ていたんだ

カルテ

小筆もて顔を静かに撫でて行き脳の働き調
べる医師は

眼底をしばらくルーペで見られたり　ああ
湖になった気がする

闘病というにはあらねど医師が書くカルテのなかに過ぎ行く時間

下顎は静かに痙攣繰り返す誰も気づかぬ列車の中に

外科的に体が悪いらしいこと山の病院降り来てメールす

新しい冬のセーター着たままにやまいだれのなか出たり入ったり

曇り日の雲押しやって行きたいな解体されたる唐招提寺

Ⅱ

白鳥色の

ふっさりと砂糖満ちたる壺のなか指入れ舐めぬ獣めきて今日

セキレイの飛ぶ速さだけ違いたり水鳥ゆるゆると浮かぶなか

獣の毛渦巻きたるが落ちている抜けても力残りて　ざらり

ゆらゆらり水鳥の背が揺れ続け中は空っぽのようにも見える

あの鳥を抱いて体温たしかめたい確かにあなたに触れてたように

筋肉をひきしめ引き締め水鳥が岸に逃げ来る苦しい眼もせず

白鳥色の何か落ちてる枯れ草に動かぬけれど息ある気配

指半分出る手袋をして会えば指半分だけが見つめられたり

カーンカン二階へ伸びて来るだろう凍てたる水道管が夜に

頭洗えば脳温まる感じして熱き湯水をさらに被りぬ

子の描く古時計はみな三時ぼおんぼおおんといくつも描かる

元通りに畳みなおして紙風船幾日も幾日も遊びし日々や

ベランダに鶏飼いたがる男の子フードの中に顔の小さし

疲れたまま食う我に子は笑うちりめんじゃこの骨を抜き出し

肉饅に虫が混入（アザミウマ）などと書かれた詫び文貼らる

塩辛をぺろんと食べる君の顔どこか間抜けてかわいく見える

我死ねばころんころんと干からびてこの植木鉢たちも捨てらる

真っ直ぐな渡り廊下を医師と患者歩く速さの違うが見える

検温の時刻来るまで長きかな泳ぐような目をして皆

くしゃみしたそのあと犬はどことなく真面目な顔で目を合わせたり

洗われし馬の体は温風で乾かされいたり冬の厩に

人中《にんちゅう》が他人《ひと》より長い気がして来冬のガラスに大勢映れば

身の芯にボートの揺れは残りいて漂着するごと斜めに歩く

蠟梅のひとつひとつを咲かせたる木の力かな冬陽は当たる

やかん

いつも馬にまたがる気分熱の子を荷台に乗せて走るときには

大きやかん提げて部屋中歩く我強い女に見えるのだろうか

三月の雪が光のなかに降る　降りながらとけ草を濡らせり

記憶のほとんどが庭　水鉢の色や高き枝の女郎蜘蛛

白い孔雀が捨てられ神社で飼われる

孔雀を捨てたのは誰？書くうちに丸鉛筆は転がりてゆく

百会という不思議な名前のツボ押してしばらく待てりめまいが去るを

金魚を金鮎と書く癖があり罰点されし子の答案に

洗濯機回るリズムが好きですぐ眠たくなるよ聞いてるうちに

遊び心がなさすぎる人生と軽く評されてそうかとも思う

櫂

熊蜂がふと通り抜け赤子抱く人は赤子を胸にしまえり

桜は

布でなく紙でもなくて花びらは確かに生きてたものの断片

螺子好きの子が遊びに来ひとつずつこの家の螺子持ち去りにけり

給食の鯖の匂いをつけしままマンションに帰るどの子もどの子も

横向きに挟まれたまま蜘蛛の子は押し花のごと頁にありぬ

自分より年下なるを喜びて幼子は飼うおたまじゃくしを

おくれ毛というもの私にまだありて野毛のごとくに風に傾く

枝々に洗濯物は触れ続け庭の感じは持ち主に似る

真緑の目薬点せば身体中寒い寒いと老い人言えり

前転ゆ起き上がるときいつも世界が変わった目をする少女は

空気屋と子が呼びたるは赤き字で「空気拾円」と書く自転車屋

人間が言葉使うは恐ろしき花枯らすごと傷つけに来る

水の重み知りたる櫂がぽっかりと水に浮きたりもう辞めたいと

庇われ過ぎた妹だったのかもしれずそれくらいのことで凹む私は

細部

楠の花ちらちらと降りきてこんな日の普通の時間を祝福に来る

神は細部に宿ると誰か言う木目に沿って砂はたまれり

愛情が足りなくないか壺のなかのぞくように子らの眼を見る

かわいいと頭くっつけ見ていたりカヤツリグサ科ユキノコボウズ

背中にも胸にも二人子しがみつき春の布団に息は匂える

廃屋の門の向こうに色の濃いアネモネ咲けり盗みたくなる

水の中泳ぐがごとく町過ぎき居場所があらぬ十代の頃

鵯が鳴くと寂しいメールひとつ来て明るすぎにき白き画面は

桜湯を母と飲みたり嫁に行くことが決まりし冬の終わりに

刃の匂いきつく漂う台所出刃包丁は剝き出しにある

蓮

ぐきぐきと刃を押し付けて切るときに抵抗しないこの野菜は

ふかふかの土でしょうかと指入れて鉢ひとつずつ確かめており

城の堀に蓮の葉が見えてきてひとは嫌えり死の匂いすと

真昼間に灯り点くごと蓮ひらき手を合わせ行く人のありたり

葉の影がいくつも高く重なりて向こうに渡りていけそうな池

切り絵のごと蓮染められしインド服着れば体に風の流れる

自意識が目に見えるなら全身が穴だらけだろう向こうが見えて

丘のごとタオルケットを積み上げてそこにもぐりてふてくされてる

髪の毛が重くかぶさり幼子が泣きたる部屋は夕暮れにけり

東京へ行きたる夫がもう家に帰って来ない言い方をする

蘇鉄と名づけられたれば鉄の釘打ち込まれて元気になれり

TIFFANY&Co.

礫にされしキリスト新作の商品となりガラスにならぶ

産み終えて水濁りたる画面なりイルカは母になる声もたてずに

夕立に打たれ続けて向日葵の長かりし茎しらほねのごとし

便器の蓋大き葉のごと開け閉めて家族出てゆく朝な朝なに

ソライロタケ

意気地なし、われに六つの手術痕ありぬジーンズの青のうち

足裏にある筋肉が大事らしい見えないけれどゆっくり伸ばす

除草剤誰か播きたる草土は黒々として脚埋まり行く

朝顔の根元の茎は灰色の地の虫のごと這い上がりたり

曼陀羅華ある玄関と覚えたり触れし指先つくづく洗う

できるなら植えないでくれ朝鮮朝顔は薬草園の男の注意

加害者の住所と名前幾たびか書き直し事故の書類は揃う

この脚が棒のごときと思いし日紫苑の色を忘れていたり

栗南京とろとろ炊いてねむたかり私のほかの私が欲しい

じゅずだまに針刺してゆく秋の夜に子はだんだんと寄り目している

糸とんぼ兄がいるから知っていた細くやけてる裸足の夏に

ドア開けた瞬間に子は泣き出したあいつが殴った俺を殴った

友達に殴られしこと我になく泣き止まぬ子の背をさするのみ

ソライロタケ探しに行こうこんな日はいつも子供でいるのも辛い

飼い犬のごと寄り添いし三輪車捨ててしまえりもう用なくて

手首から先

死ぬときが来るまで寂しさは毒　毒に埋もれて詠う歌を

夜の冷たさのなか転がせば眼は治ると医師は書きたり

眼鏡から薄荷の匂いのする朝に冬と秋との
光混じれる

エノコロは枯れても子らに遊ばれて風船の
ごと片手片手に

アレキサンドリアに行きなさいとのお告げ
コーヒー占いされし路地に

暮らしの楽しさを子は知りゆくか米の研ぎ
汁で床磨きつつ

縁の下　甕　壺　節穴　覗き込む暗がりの
なき家に住みたり

七五三に数珠はいらぬのかと晴れ着きて我
子は私に確認したり

仏壇を奥へ奥へと拭いていき手首から先違
う感じす

晩年の写真といえど私よりはるかに若き松
倉米吉

墓洗う洗剤安く売られたり暮れの店に煌々
と照らされ

この土地に馴染まぬ感じまだ持ちて雪の雫
の鳥居くぐれり

腕章

雪のごとパン屑投げて寂しさを水鳥たちに押し付けてみる

水鳥の冷えし内臓たぷたぷと岸に寄り来るパンを投げれば

青鷺はとことんひとり大勢にカメラ向けられ首を垂らせり

骨まで露わにされしこの脚も静かになりて川原を行く

戦争をしてはいけないその前に意味なく人を殺してはいけない

登校時のパトロール

パトロールの腕章つけて歩くときどんな目つきがいいかわからぬ

人攫い出る日暮れはなくなりて昼間意味なく人を殺せる

新しい上靴の裏ひらひらと光りて廊下を泳いで行く子

足音がどこかに跳ねてもどらない校舎の中を歩む夕暮れ

小さき子が小さきものを集めたり缶にからから音たてながら

開放弦

鼻の中まで土埃にまみれぬ懐かしきかな春の日暮れは

桜という字のなかに女いて花びらに幾度も打たれていたり

蔓草の蔓はどこへ行くつもり地に着きたくなくて反り返りたり

防犯ベル握り締めて下校する一年生となりてこの子は

矢車草母が逝けば供えるだろう　それまではまだ光にまわる

老人をさびしいなどと言わないで母は手紙で反論してくる

開放弦五月の光に照らされて小さな指がそれを弾けり

いつまでも留守番嫌い二人子は　赤い袋のキャラメルコーン

ヒーターの風にあおられ風船が夜の部屋の片隅にゆく

牧草のようにハコベやスミレの葉バケツに子らは次々運ぶ

故　田中栄氏へ

弔いの時間に我は臥しており棺のなかに海の匂いはしたか

茶碗持つ手だけをふいに思い出す大き身に包まれし茶碗

天国に持っていくお金かと香典の袋を子はさわりつつ

睫毛

うまくちぎれば白い繊維のようなもの出てくるハコベ増えて増えて

あぜ道を歩く私のつま先は小さかったよこの子のように

水鳥が水につけし傷あとよみるみるふさがりまた春が来る

蛙たちに残酷なこととして男の子ら興奮したり　兄もそこにいて

睫毛にリンス塗れば増え伸びると「裏技」なる本を開けば

自転車をとめて入れ歯の不具合を直すひといる春の陽のした

飴玉を転がすときに私の舌が肉であること今更気づく

45点の答案元気に持ち帰る　菜の花の色似合い過ぎて子は

慰めることはありてもあやすこともうなくなりしこの二人子を

睫毛にもかすかに白髪混じれるを笑えば母は寂しい顔す

つるつるの冷凍サトイモもの哀し白過ぎていて手もかぶれない

開け放しの昔の家には蜂などが脚をそろえて入り出てゆく

あの壁のひんやりとした柔らかさ自動車文
庫が来る時間までの

定位置

雪降りて身体静かに倒れたり見開くように
上向く乳房

三、四日同じジーンズはき続く若き日のご
と汚れてみたく

押しつけて弾くとき乳房は邪魔になる風の
ある日のギター硬しも

事故状況図に描くときに私は人形《ひとがた》マークと
なりて倒れる

折り鶴はくきくきあふれ小さかる祠であり
し全快地蔵

沈丁花蕾赤かり自転車に乗りつつスキップ
しているような子

まだ性差淡き学年　女子《あいつら》に蹴られたなどと
子が帰り来る

盗み癖ある一人いて子の部屋に上着着たまま幾人か坐す

春の陽に信号透けて我は待つ学生の群れ過ぎ去り行くを

何年も不安の中に寝て起きて皮膚がすばやく年老いてゆく

お□、げ□に平仮名入れよ　絵の中の斧も下駄も知らぬ幼子

「タネゲン」の苗に蜂きて翅光る　今年初めて見るそのひかり

マザーリーフと誰か名付けてはからめが売られたりここにもそこにも

コンタクトすうっともどる定位置に見つめていれば春は眠たし

赤詰草

ある夜はバターのような匂いしておみなご眠るずしり重たし

風呂場にて子は神妙に始めたり戦艦大和の進水式を

額つけ子のプラモデル眺めたり小さなスクリューなども回れり

金閣寺夫は作りて飾りたり松は緑のスポンジなりし

向こうから来たるおとこ車谷長吉似　丸い頭に丸い眼鏡で

一日に石鹸三つ使い切る強迫神経症の手洗い小説家は

「お前は書けぬ」幻聴が二十二時間続きしと後の二時間眠りしと

生活の足しにならぬがひと夏を小さな簪売りて歩けり

赤詰草すぐに色素は抜け落ちて昼の花瓶の水ぬるみたり

腰のリボン蝶々結びにしてやれば夏の道へと攫われやすし

亀の背に鉢植えの葉が落としたる晩夏の木漏れ日ちらちらとして

機織娘

夏休みからそこへとあったんだ昼顔巻きつき動かぬ自転車

窓ガラス磨きあげれば夕闇に稲妻は植物のごとく閃く

唇は皮膚の続き　しみなどができているのを見つめられたる

夾竹桃そんなに早く咲かないで駅までの道明る過ぎたり

真四角の遺影におさまりそこにいる見るたび表情違う気がする

早咲きの鶏頭などを供えたり小高い丘の墓地に我らは

紫蘇の実がわずかについて夕暮れが私を静かに消し始めたり

水槽の水は捨てずに鉢に撒け　明日を咲き継ぐペチュニアのため

誰にも心配かけずに生きること　今さらながら大人になるとは

機織娘に生まれていたなら裸足にて買い物
に行き文字も知らずに

年　男

叡電は終日運転一年の終わりと始めを貫き
走る

京の夜に重なり合える鐘の音おおつごもり
という感じして

元旦も受験勉強せし日々よ英語の音読部屋
に響きて

受験生我は姿勢悪きまま晴れ着の紅を着て
写りたり

元旦の光のなかに物を干し一年という時間
へ踏み出す

母くれし梅の重箱取り出せり古き昔の包み
紙の匂い

足のサイズそろそろ我に近づきて年男なる
子は眠りたり

トランプリン

材質のよくわからないもの増えて指の腹はうっかり滑る

ファーコート着ている人と歩きづらく道の端へと落ちていくよう

凸面鏡誰が磨いているのだろう自転車の我すばやく映る

風に眼は疲れて涙流したり大きな橋の上でぬぐえり

野菜たちもっといきいき香りせよスーパーの光に転んでしまう

植木鉢ひしめき合える庭に立ちやかんで水をぼとぼと撒くひと

この身体弱りし時だけ神頼みことんと丸き硬貨を落とす

退治した大蛇に供える水ありぬ冬の光に濁りが見える

大人の塗り絵というが売られたり寒き午後には誰ぞそれ塗る

ピラカンサ食いつなぎいる冬鳥よ生きること
もっと教えて欲しい

指輪のごとばんそうこうを指にしておみな
ご一日嬉しそうなり

一日ずつ子は暮らしたり「トランプリンで
とびました」と絵日記

ボンネット洗った夏が遠ざかり兄からお金
もらうこともうない

侍

踏まれやすき所にどくだみ広がりて今年の
夏が地から近づく

草笛に口紅つくを捨ててゆく草の高さの風
にまぎれて

甲賀・櫟野寺

秘仏ですと言われればよく見たり　胸の飾
りは胸から生えたり

普賢菩薩失せてしまえる象の背よ花びらひ
らり舞い込んでくる

雨粒を吸い寄せているビニールの傘の内側息はたまりぬ

ジャンプ傘がジャンプするのは悲しいな気づかれぬまま通り過ぎたい

後遺症に効く薬などなかりしを雨の日は骨がきしきしとすれば

どちらを向いていいかわからずまわりたり壜に掬われて蝌蚪たち

このかごに玉子を乗せていますとも言えずのろのろ自転車を漕ぐ

声だけで生きているような日四角い部屋から出られず脚は

海にいる生き物に似た私の卵が流れてゆくを見たり

冷やご飯昼に食べれば雨の味　降りて止まざる外を閉ざして

うどんこ病次々伝染《うつ》り鉢植えはそれでも陽の中花を咲かせる

ものを書く時に髪は邪魔なりし侍のごと結びて字を書く

あとがき

生きているのに生きるというのがどういうことなのか、時々わからなくなることがある。それは考えるだけ無駄なことでもある気がする。歩いていると、白い綿毛がふわりと私の目の高さを超えていった。その時、私はうっとりとした。たぶんそんな恍惚とした時間が、後から思えば生きていた時間として思い出されるのかもしれない。

『キンノエノコロ』に続く第三歌集で、三十五歳から三十九歳までの作品をほぼ年代順に収めている。私一人だけでなく、私と関わった身近な人、出会った人達の生きた証が、この一冊の中に残っていく。その事が、当り前でありながら不思議な感じも残す。

タイトルの『色水』は、辞書に載っていない言葉であるが、つゆくさや、朝顔の花びらを手でつぶして水にとかし色のついた水を作る子供の時の遊びである。小学生の時に読んだ『ほんとうの空色』という物語がある。青い花で色水を作り、それを板に塗ると、ほんとうの空がそこに現れる話である。夜になると暗い部屋の中に、星や月が輝き、雨や雷まで絵の中に起こるのである……。

飽くことなくそんな空想遊びをしていた子供時代。大人になっても私の頭の中の半分は、そのままの世界が存在している。そしてそれが作品のベースにいつもある。

中学生の頃から知っている永田淳さんに、今回、出版の全てをお任せしました。御尽力に深く感謝いたします。又、表紙絵を描いて下さった森島朋子氏、装幀をして下さった、濱崎実幸氏に心からお礼申し上げます。また、いつも私をはげまして下さる、多くの方々に、御礼を述べたいです。

平成十八年八月吉日

前田康子

自撰歌集

『ねむそうな木』（抄）

I

臆病な雲

見過ごした映画のような風に会う壁にもたれて笑っていたら

どれにでも座ってごらん駅裏の自転車の群れ風に揺れ出す

臆病な雲かもしれず振り向くたび山の後ろへずれていくのは

飛び石に足を吸われてゆく庭の古き景色が夢に現わる

りんご軸

白桃に深き傷ありその面を隠して父の食卓に置く

何をしてもよいかわりに何もせぬ日々が続けり二十歳の夏に

りんごどれも軸かたむけて静まれば指先まで動悸していつ

会いし時の余韻を部屋に持ち込みて日々読み継ぐモンテーニュ、エセー

陽の匂い深く吸いいる籐製の婚礼家具にしばらく見入る

Ondine

身を守るために尖るとき美しきかな原石の原子配列

ジーンズ雨に青く染めて兄は殺人犯少年の味方している

少年の腕を広げて眠そうな木　その韻律に抱かれたくある

微熱の目で見る空に一握りの砂のように鳥は落下す

合歓の木の葉閉じんとす昼と夜と二つの表情持たんか人も

意味もなく笑い続ける若さかな幌幌科目ぼろぼろの木

繊細な象は眠りにつく前に黒砂糖含むと母は言いたり

波打てるCoca-Colaの字背景に汝はあいまいに答え続ける

動物園出で行くときにふりむけばきりんの一人遊びがまだ見ゆ

白ふくろうのように

モミジアオイ質屋の壁に咲きひらき風が吹くたび打ちつけている

寝返りを打つこと少なし蟬声の激しき中に祖父眠りたる

福を呼ぶ置物ばかり部屋にあり一人暮らしの祖父の部屋には

深々と麻のスーツに抱かれて君をわかるまでじっとしている

会わぬ日の寂しさも好きと君は言う白ふくろうのようにまたたき

花柄のブラウスの花寄せ集め明るき抱擁残して去りぬ

心中の前に爪切ることなどを君に教えし小春日の部屋

真青《まさお》の空が

声が声消し合うごとく鳴きいたる蟬は蟬の夏を生きおり

屋上にさぼる私は風を吸う吸い足りなさを残し戻れり

強壮剤の茶色き瓶にたまりたる上司の疲れを捨てに行きたり

身を投げしは十五階とぞ聞きおれば真青の空が裏返る気配

墜ちていく刻を思えば人はもう塊となり墜ちゆくのみか

喪の列を押し分けて行く悲しみを一人一人に押しつけたくも

墜ちながら笑いし友よほほえみに晩夏の光充ちて広がる

朝顔に似たる口元ほほえみを憶えておりし生きいしときの

死にし友に手紙書きおり呼びかくる名の生き生きといまだ響けり

秋来たる街を歩めり君坐る日溜りの場所いくつもあるのに

春の野に

相殺の文字書きなれし日の暮れに水流のごと金は動けり

力なく起き上がれない　君もまた兵士のような危うい目つき

春の野に獣の匂い花の匂いまじりているをかぎわけつつ

わずかなる水が胸に溜まりたり君の声に笑えば揺れる

ふりほどきまたつながれてふりほどくセーターぐるみつかまれて手は

満水のコップのように立ち尽くし次に届かむ声を待ちおり

葦軽やかに

「万葉は春の時代」と書にあればあどけなきまま二人逢いたし

障子色の春の光の寂しさよ夢中で揺るる庭木写れり

頭二つくっつけて見る古書店の狭さを少し楽しんでおり

書類持ち気怠く歩く昼の道昨日の君の目隠しのごと

初夏を恐れぬ君は下駄で来る素足の指に力を込めて

花水木いつまでも見上げる君の　君の向こうを一人見ており

二人とも倒れてしまう予感あり葦軽やかに風をかわせば

追憶の追のしんにょう長々と引きすぎているつゆくさの頃

冷房車降り立ち受ける夕風は口づけらるる息のようなり

君の論追いかけながら深々とともに傷付く聴衆の中

袴をはいて

疲労とは流されやすき心かな土佐堀川は我を呼び込む

空いている電車のなかにいるように互いの心が見え過ぎている

「けふ」と書く「ふ」の頼りなさ一日を生き延びて書く記憶の上に

あやふやなデザート食みし我ゆえにあやふやな女といわれているか

遠近法誰も知らざる頃の絵に顔だけ大きな聖人がいる

一日が強制された一日のように立ちたりそこにポストは

間に合うか間に合わぬかの瀬戸際に吐き出す息は犬の形せり

蚊柱の中に二人ははまり込み足並みそろえまた逃げていく

漱石を引き合いに出すこの恋は袴をはいてゆっくりと過ぐ

平べったい電話のように伏している我をつまんで話しかけてよ

月を頭に

昔昔の太郎のごとき眠たげな顔を被りて人はあらわる

風邪引きの君の枕の横にある少年漫画のインク匂えり

置き所なく吊られたりだらだらとピンクパンサーピンクのからだ

諍いののち抱きしめるべき子もおらず床を拭き始めるなり

惨めさをかみしめている君のため月を頭にのせて踊るよ

おはじきが遠くへ弾けていくように光を帯びて人のもとへと

Ⅱ

卍の中に

地図の上の卍の中にやがて住む二人の家を印しておりぬ

ジェラス・ガイ夜半に何かを食みている皮のコートを軋ませながら

諍い女《め》となりにし我はふわふわと赤き鳥居に吸い込まれたり

基礎体温低くて今朝はたよりなき梅の枝から空をうかがう

古く丸き眼鏡はいつも売れ残り橋の向こうの方を見ている

風鈴のりんとも鳴らぬ午前二時足の指先撫でて人待つ

ただ時間を奪り合うだけで日は暮れぬ　冷たき額合わせて眠る

唐黍の茎で編みたる籠に入りもう少し眠っていたかったのに

傘にすがりて

傘とかばんにて釣り合いとりし夫かな朝の
埃のなかへゆらゆら

コーヒーの缶にためてる吸殻が雨の日匂う
早婚の匂い

透明な傘にこころはすがりて歩くつらいつ
らいと君に言われて

ジーパンの上にエプロン巻きつけて烏賊の
頭を外し始める

クッキーをぼろぼろ零したセーターで同性
のごと我を慰む

馬のごと君を撫でればやさしさはやわらか
く首おとすまで

すれ違う子供の影を自転車の車輪はからか
ら巻き込んでいる

スプリンクラーの水届かざる世の隅に寝返
り打てりかそけき人は

祖父《おおちち》の身体とともに荒びゆく庭に下駄が芯
まで濡れて

砂子屋書房 刊行書籍一覧（歌集・歌書）　平成30年１月現在

＊御入用の書籍がございましたら、直接弊社あてにお申し込みください。
代金後払い、送料当社負担にて発送いたします。

	著者名	書名	本体
1	阿木津　英	『阿木津　英 歌集』現代短歌文庫5	1,500
2	阿木津　英 歌集	『黄　鳥』	3,000
3	秋山佐和子	『秋山佐和子歌集』現代短歌文庫49	1,500
4	雨宮雅子	『雨宮雅子歌集』現代短歌文庫12	1,600
5	有沢　螢 歌集	『ありすの杜へ』	3,000
6	有沢　螢	『有沢　螢 歌集』現代短歌文庫123	1,800
7	池田はるみ	『池田はるみ歌集』現代短歌文庫115	1,800
8	池本一郎	『池本一郎歌集』現代短歌文庫83	1,800
9	池本一郎歌集	『萱鳴り』	3,000
10	石田比呂志	『続 石田比呂志歌集』現代短歌文庫71	2,000
11	石田比呂志歌集	『邯鄲線』	3,000
12	伊藤一彦	『伊藤一彦歌集』現代短歌文庫6	1,500
13	伊藤一彦	『続 伊藤一彦歌集』現代短歌文庫36	2,000
14	今井恵子	『今井恵子歌集』現代短歌文庫67	1,800
15	上村典子	『上村典子歌集』現代短歌文庫98	1,700
16	魚村晋太郎歌集	『花　柄』	3,000
17	江戸　雪 歌集	『駒　鳥（ロビン）』	3,000
18	大下一真歌集	『月　食』＊若山牧水賞	3,000
19	大辻隆弘	『大辻隆弘歌集』現代短歌文庫48	1,500
20	大辻隆弘歌集	『汀暮抄』	2,800
21	大辻隆弘歌集	『景徳鎮』	2,800
22	岡井　隆	『岡井　隆 歌集』現代短歌文庫18	1,456
23	岡井　隆 歌集	『馴鹿時代今か来向かふ』（普及版）＊読売文学賞	3,000
24	岡井　隆 歌集	『銀色の馬の鬣』	3,000
25	岡井　隆 著	『新輯 けさのことば Ⅰ・Ⅱ・Ⅲ・Ⅳ・Ⅵ・Ⅶ』	各3,500
26	岡井　隆 著	『新輯 けさのことば Ⅴ』	2,000
27	岡井　隆 著	『今から読む斎藤茂吉』	2,700
28	沖　ななも	『沖ななも歌集』現代短歌文庫34	1,500
29	奥村晃作	『奥村晃作歌集』現代短歌文庫54	1,600
30	尾崎左永子	『尾崎左永子歌集』現代短歌文庫60	1,600
31	尾崎左永子	『続 尾崎左永子歌集』現代短歌文庫61	2,000
32	尾崎左永子歌集	『椿くれなゐ』	3,000
33	尾崎まゆみ歌集	『奇麗な指』	2,500
34	尾崎まゆみ	『尾崎まゆみ歌集』現代短歌文庫132	2,000
35	笠原芳光 著	『増補改訂 塚本邦雄論 逆信仰の歌』	2,500
36	柏原千恵子歌集	『彼　方』	3,000
37	梶原さい子歌集	『リアス／椿』＊葛原妙子賞	2,300
38	春日いづみ	『春日いづみ歌集』現代短歌文庫118	1,500
39	春日真木子	『春日真木子歌集』現代短歌文庫23	1,500
40	春日真木子	『続 春日真木子歌集』現代短歌文庫134	2,000

	著者名	書名	本体
41	春日井　建 歌集	『井　泉』	3,000
42	春日井　建	『春日井　建 歌集』現代短歌文庫55	1,600
43	加藤治郎	『加藤治郎歌集』現代短歌文庫52	1,600
44	加藤治郎歌集	『しんきろう』	3,000
45	雁部貞夫	『雁部貞夫歌集』現代短歌文庫108	2,000
46	雁部貞夫歌集	『山雨海風』	3,000
47	河野裕子	『河野裕子歌集』現代短歌文庫10	1,700
48	河野裕子	『続 河野裕子歌集』現代短歌文庫70	1,700
49	河野裕子	『続々 河野裕子歌集』現代短歌文庫113	1,500
50	来嶋靖生	『来嶋靖生歌集』現代短歌文庫41	1,800
51	紀野　恵 歌集	『午後の音楽』	3,000
52	木村雅子	『木村雅子歌集』現代短歌文庫111	1,800
53	久我田鶴子	『久我田鶴子歌集』現代短歌文庫64	1,500
54	久我田鶴子歌集	『菜種梅雨』＊日本歌人クラブ賞	3,000
55	久々湊盈子歌集	『あらばしり』＊河野愛子賞	3,000
56	久々湊盈子	『久々湊盈子歌集』現代短歌文庫26	1,500
57	久々湊盈子	『続 久々湊盈子歌集』現代短歌文庫87	1,700
58	久々湊盈子歌集	『風羅集』	3,000
59	久々湊盈子歌集	『世界黄昏』	3,000
60	久々湊盈子 著	『歌の架橋　インタビュー集』	3,500
61	久々湊盈子 著	『歌の架橋 II』	3,000
62	栗木京子	『栗木京子歌集』現代短歌文庫38	1,800
63	桑原正紀	『桑原正紀歌集』現代短歌文庫93	1,700
64	小池　光	『小池　光 歌集』現代短歌文庫7	1,500
65	小池　光	『続 小池　光 歌集』現代短歌文庫35	2,000
66	小池　光	『続々 小池　光 歌集』現代短歌文庫65	2,000
67	小池　光	『新選 小池　光 歌集』現代短歌文庫131	2,000
68	河野美砂子歌集	『ゼクエンツ』＊葛原妙子賞	2,500
69	小島ゆかり歌集	『さくら』	2,800
70	小島ゆかり	『小島ゆかり歌集』現代短歌文庫110	1,600
71	小高　賢	『小高　賢 歌集』現代短歌文庫20	1,456
72	小高　賢 歌集	『秋の茱萸坂』＊寺山修司短歌賞	3,000
73	小中英之	『小中英之歌集』現代短歌文庫56	2,500
74	小中英之	『小中英之全歌集』	10,000
75	小林幸子歌集	『場所の記憶』＊葛原妙子賞	3,000
76	小林幸子	『小林幸子歌集』現代短歌文庫84	1,800
77	小見山　輝	『小見山　輝 歌集』現代短歌文庫120	1,500
78	今野寿美	『今野寿美歌集』現代短歌文庫40	1,700
79	今野寿美歌集	『龍　笛』＊葛原妙子賞	2,800
80	今野寿美歌集	『さくらのゆゑ』	3,000
81	三枝昻之	『三枝昻之歌集』現代短歌文庫4	1,500
82	三枝昻之ほか著	『昭和短歌の再検討』	3,800
83	三枝浩樹	『続 三枝浩樹歌集』現代短歌文庫86	1,800
84	佐伯裕子	『佐伯裕子歌集』現代短歌文庫29	1,500
85	坂井修一歌集	『青眼白眼』	3,000

	著者名	書名	本体
131	馬場あき子歌集	『渾沌の鬱』	3,000
132	浜名理香歌集	『流　流』＊熊日文学賞	2,800
133	日高堯子	『日高堯子歌集』現代短歌文庫33	1,500
134	日高堯子歌集	『振りむく人』	3,000
135	福島泰樹歌集	『焼跡ノ歌』	3,000
136	福島泰樹歌集	『空襲ノ歌』	3,000
137	藤原龍一郎	『藤原龍一郎歌集』現代短歌文庫27	1,500
138	藤原龍一郎	『続 藤原龍一郎歌集』現代短歌文庫104	1,700
139	古谷智子	『古谷智子歌集』現代短歌文庫73	1,800
140	前　登志夫歌集	『流　轉』＊現代短歌大賞	3,000
141	前川佐重郎	『前川佐重郎歌集』現代短歌文庫129	1,800
142	前川佐美雄	『前川佐美雄全集』全三巻	各12,000
143	前田康子歌集	『黄あやめの頃』	3,000
144	蒔田さくら子歌集	『標のゆりの樹』＊現代短歌大賞	2,800
145	松平修文	『松平修文歌集』現代短歌文庫95	1,600
146	松平盟子	『松平盟子歌集』現代短歌文庫47	2,000
147	松平盟子歌集	『天の砂』	3,000
148	水原紫苑歌集	『光儀（すがた）』	3,000
149	道浦母都子	『道浦母都子歌集』現代短歌文庫24	1,500
150	道浦母都子歌集	『はやぶさ』	3,000
151	三井　修 著	『うたの揚力』	2,500
152	三井　修	『三井　修 歌集』現代短歌文庫42	1,700
153	三井　修	『続 三井　修 歌集』現代短歌文庫116	1,500
154	森岡貞香歌集	『帶　紅（くれなゐ帶びたり）』	3,000
155	森岡貞香	『森岡貞香歌集』現代短歌文庫124	2,000
156	森岡貞香	『続 森岡貞香歌集』現代短歌文庫127	2,000
157	森山晴美	『森山晴美歌集』現代短歌文庫44	1,600
158	柳　宣宏歌集	『施無畏（せむい）』＊芸術選奨文部科学大臣賞	3,000
159	山田富士郎	『山田富士郎歌集』現代短歌文庫57	1,600
160	山田富士郎歌集	『商品とゆめ』	3,000
161	山中智恵子	『山中智恵子歌集』現代短歌文庫25	1,500
162	山中智恵子	『山中智恵子全歌集』上下巻	各12,000
163	山中智恵子 著	『椿の岸から』	3,000
164	田村雅之編	『山中智恵子論集成』	5,500
165	吉川宏志歌集	『燕　麦』＊前川佐美雄賞	3,000
166	吉川宏志	『吉川宏志歌集』現代短歌文庫135	2,000
167	與謝野　寛	『與謝野寛短歌選集』（平野萬里編）	3,500
168	米川千嘉子	『米川千嘉子歌集』現代短歌文庫91	1,500
169	米川千嘉子	『続 米川千嘉子歌集』現代短歌文庫92	1,800

＊価格は税抜表示です。別途消費税がかかります。

砂子屋書房
〒101-0047 東京都千代田区内神田3-4-7
電話 03(3256)4708 FAX 03(3256)4707 振替 00130-2-97631
http://www.sunagoya.com

	著者名	書名	本体
86	坂井修一	『坂井修一歌集』現代短歌文庫59	1,500
87	坂井修一	『続 坂井修一歌集』現代短歌文庫130	2,000
88	桜川冴子	『桜川冴子歌集』現代短歌文庫125	1,800
89	佐佐木幸綱	『佐佐木幸綱歌集』現代短歌文庫100	1,600
90	佐佐木幸綱歌集	『ほろほろとろとろ』	3,000
91	佐竹弥生	『佐竹弥生歌集』現代短歌文庫21	1,456
92	佐藤通雅歌集	『強　霜（こはじも）』＊詩歌文学館賞	3,000
93	志垣澄幸	『志垣澄幸歌集』現代短歌文庫72	2,000
94	篠　弘	『篠　弘 全歌集』＊毎日芸術賞	7,000
95	篠　弘 歌集	『日日炎炎』	3,000
96	柴田典昭	『柴田典昭歌集』現代短歌文庫126	1,800
97	柴田典昭歌集	『猪鼻坂』	3,000
98	島田修三	『島田修三歌集』現代短歌文庫30	1,500
99	島田修三歌集	『帰去来の声』	3,000
100	島田幸典歌集	『駅　程』＊寺山修司短歌賞・日本歌人クラブ賞	3,000
101	角倉羊子	『角倉羊子歌集』現代短歌文庫128	1,800
102	高野公彦	『高野公彦歌集』現代短歌文庫3	1,500
103	高野公彦歌集	『河骨川』＊毎日芸術賞	3,000
104	田中　槐 歌集	『サンボリ酢ム』	2,500
105	玉井清弘	『玉井清弘歌集』現代短歌文庫19	1,456
106	築地正子	『築地正子全歌集』	7,000
107	時田則雄	『続 時田則雄歌集』現代短歌文庫68	2,000
108	百々登美子	『百々登美子歌集』現代短歌文庫17	1,456
109	百々登美子歌集	『夏の辻』＊葛原妙子賞	3,000
110	外塚　喬	『外塚　喬 歌集』現代短歌文庫39	1,500
111	中川佐和子	『中川佐和子歌集』現代短歌文庫80	1,800
112	長澤ちづ	『長澤ちづ歌集』現代短歌文庫82	1,700
113	永田和宏	『永田和宏歌集』現代短歌文庫9	1,600
114	永田和宏	『続 永田和宏歌集』現代短歌文庫58	2,000
115	永田和宏ほか著	『斎藤茂吉—その迷宮に遊ぶ』	3,800
116	永田和宏歌集	『饗　庭』＊読売文学賞・若山牧水賞	3,000
117	永田和宏歌集	『日　和』＊山本健吉賞	3,000
118	永田和宏 著	『私の前衛短歌』	2,800
119	中津昌子歌集	『むかれなかった林檎のために』	3,000
120	なみの亜子歌集	『バード・バード』＊葛原妙子賞	2,800
121	なみの亜子歌集	『「ロフ」と言うとき』	2,800
122	西勝洋一	『西勝洋一歌集』現代短歌文庫50	1,500
123	西村美佐子	『西村美佐子歌集』現代短歌文庫101	1,700
124	花山多佳子	『花山多佳子歌集』現代短歌文庫28	1,500
125	花山多佳子	『続 花山多佳子歌集』現代短歌文庫62	1,500
126	花山多佳子	『続々 花山多佳子歌集』現代短歌文庫133	1,800
127	花山多佳子歌集	『木香薔薇』＊斎藤茂吉短歌文学賞	3,000
128	花山多佳子歌集	『胡瓜草』＊小野市詩歌文学賞	3,000
129	花山多佳子 著	『森岡貞香の秀歌』	2,000
130	馬場あき子歌集	『太鼓の空間』	3,000

淡海《おうみ》の海月《み》の光を映しおり　あなたの眼鏡借りたら良く見える

楸邨の逝きし新聞ひろげては仲直りするなぜか二人は

旅人

岐阜　古今伝授の里

ほのかなる谷間の合歓を軸としてバスは跳ねつつ巡りていくよ

かなかなが鳴けばまっすぐ歩けない私の靴はくるくる回って

鮎川信夫の鮎は長良川の鮎

競馬には帽子を被っていく男上村隆一のちの鮎川

兵士の最後の食料は塩、塩は貴重とこの本にもありし

春の雨踏みつつ帰る足音は迷えるように我が家で止まる

君の大き靴に足入れ月光の匂う階段そろりと降りる

虫除けを茂吉全集に置きしこと人は真顔で何度もほめる

馬の匂い立ち込める暮れ包丁に眠る私のいつも眠い眼

七草のみつからぬ土手旅人になりたいと言う夫は何度も

二人きり

病院の暗きさ庭にどんぐりを拾え拾えと腹の子が言う

青ざめたジーパン干せり父となることに夕べは笑いておりぬ

日なた道選びて夫の稿料を取りに行きおり腹の子揺らし

清張の右眼ぶ厚き眼鏡をかけたるような頭痛が今朝は

山門は螢光灯に照らされて木の模様の動き
出せるかも

逆境はいつ来るだろう泡のような木蓮の下
二人過ぎつつ

蛸足のぐるぐる回る陽の中に大声で誰か呼
びたくなる

まずつんと腹があたりぬ茫茫となりたる人
を抱きしめれば

超音波画像に揺れおりこの子は見られいる
とも知らず揺れおり

抱き切れぬ身体と言いしのったりとボトル
のように転がる我を

弥次郎兵衛のように荷物を釣り下げて妊婦
の我の影が現わる

風を押し歩いて行くよ腹の子が柔く動きし
二人きり　午後

寂しい色の野菜

寂しい色の野菜を食べたそんな顔して過ぐ老いし政治家

ぽんぽんと私の腹に触れるのは長女のごとく咲けるやぐるま

子は振り子寝返り打てば闇の中膀胱、腸を蹴られておりぬ

青磁色の風を吸い込む締め切りのごとく手帳に予定日つけて

分娩の話をすれば箸宙に浮かせて夫は少し怯える

冬の日の木椅子はゆっくり夕涼むものに変わりて老人《おいびと》は座す

妊れば軽き包丁月の夜に光を吸いてすぱすぱ切れる

同じようにジーパン穿いて歩いてた夫を置いてはるかな時間を越え来

ウサギにも猫にも眼鏡かけさせて父に似せれば子は喜ぶらむか

妻の顔打たねば書けぬ達治の夜君にはないが……ないが悲しい

離れ住む夫から電話のない夕べ古井由吉ぼつぼつと読む

腹の子の顔は写らぬ臨月の女が二人日向に笑えど

夏休みの机のごとし君の好きな柄谷行人伏せて居眠る

一億の産

田の中の産院なれば陣痛の合間に低く牛蛙鳴く

子の鼻が今出づるとき眼を開けてしっかり見よと医師は言いおり

酒少し飲んで来し夫ふわふわの子に対面し涙ぐみいる

一億のひとが渦巻き一億の産ありしことこの夜寂し

授乳室

少しずつ違う形の乳房持ち我ら静かに子を抱きおり

木星が大映しされる傍らに瞬き知らぬ子の二つの眼

広辞苑ほどの

広辞苑ほどの重さに子はなりぬ抱きて歩かな落とさぬように

子の乳の匂い移りしシャツのまま出勤していく君の朝なり

抱きしめて子の船となるしののめの消え入りそうな二人の時間

君の子を産むとは知らず初めての水着を買いに街に行きし日

諍いが長く続けり子をあやす誰もいなくて鉦叩き鳴く

皺ばめるまで指しゃぶりいる音がして眠れぬ子と熟睡《うまい》する夫

雨をまだ雨と知らぬ子二、三滴顔に落ちても笑いておりぬ

見つめ合い同じ布団に子といれば二人のような二匹のような

子と我は「妻子」とひとつに括られて君の背中を見送るばかり

いつか夏も終わりて我は彫像のごとく子を抱く昼も夜もなく

ずんずんとこの部屋湖《うみ》に沈まんか子を抱く腕がしびれて九月

まっさらな子の身体に触るるときそれぞれの手に歳月見える

桃色の小さき足がかさかさとカーテン揺らす百日生きて

木の実を降らす

辞書めくる中から細き風生れて一人遊びの子の髪揺らす

「父さん」とまだ呼ばぬからときどきは父であること忘れたいらし

鏡の奥に子を待たせつつ化粧せりりんごを購いに町へ行かむと

ガラガラで夫遊びいる鈴音が夢見のなかに木の実を降らす

子を抱きてノートとペンを携えてもう何も持てずこの秋の暮れ

この家のどこにも納まる場所なくて草刈り鎌の銀の月形

ほつほつと木の実がなるようこの子の青く小さき靴下干せば

七色の声色使いあやしおり父となるほかなくてあなたは

よそ見などしている隙に朴の葉がベビーカーに落ち子を驚かす

すずらんの形のランプ灯るそば寝るときも子は生き生きとせり

子の目玉なめて目のゴミ取り出せり　声のような風が吹く午後

栗色の毛布

「保護者」とは我のことなり　薄青き連絡板が巡り来て今朝

丸ぼうろかりかり噛んで陽気なるこの子と二人春を待ちおり

菜の花ほどの背丈もない我子のこと母への文につらつらと書く

栗色の毛布に肌は包まれてまどろみしままピアノは運ばる

垂乳根の母なり我は身のうちのカルシウム減りきさらぎは過ぐ

産道とうこの夜で一番やわらかく短き道を今も誰か行く

春という冬の出口に万葉の子どものように笑えよ鮎太

紙から紙へ字を書いている筆圧に子がのしかかる重さも入る

春の埃に目は瞬けり通り行くひとどの人も手品師に見ゆ

ブリキ製如雨露より出る水やさしかり余りし水は手にかけ遊ぶ

抱く子と我の重心溶け合いて橋の上に立つ夕暮るるまで

WATER GUN

樋の口あたりに咲きてカタバミは花を閉じたり日の暮れなりし

ニワホコリちらちら光る庭隅に母は捨てたり馬穴の水を

丈低き野草の花粉あちこちに運びて一日ビロードの靴

画面から親切顔で呼びに来る目玉大きなキャラクターが子を

息子と呼ぶにはいまだ小さきを抱きて春雷光る明暗《あけぐれ》

子が落とすパン屑飯つぶ食べながら三十代に近づく頰杖

かりかりともの書く背後に消しゴムをしゃぶりて静かなり子は

血止め草はびこる庭にひんやりと立たせておりぬ膝丸き子を

工作用はさみで子の髪切りそろう　野毛の軽さに散りて吹かれぬ

WATER GUN片手にさげて幼子は風呂場の水の光見ている

家族の無数の足跡消すのだろう雑巾持ちて床にかがめば

ねじ花

幼児用書棚低かる図書館に膨らんでいる夏の山見ゆ

明け方は山の匂いが降りてきて白木の郵便受けは浮き立つ

八つしかないピアノのキー叩きつつこの子がわれに嘘つく日来む

ミニカーの中の小さい座席かな風が止みたる午後覗きいて

小さき石鹸は湯に溶けて消ゆ三人の寂しい
顔が似過ぎてる夜

ねじ花のねじゆるゆると咲きつぎてこの子
に淡き記憶力生るる

『キンノエノコロ』(抄)

I

キンノエノコロ

ひとは誰かの遺族でありぬちらちらと満作
咲ける黄の向こう側

この町にほんとに小さき川ありて春の光が
一番に来る

土踏まず持たぬ人形ぱったりと倒れて子らは外へ出かけた

玄関にちぎれた頁落ちていてこの子が好きなお化けの頁

保育所の窓から子らが呼び止めて我と鮎太の名前を訊けり

木枯らしはジャングルジムを吹き抜けてぼんやりしている子の背に当たる

豆球の点れる向こう霙降り小さき顔に鼻梁はありぬ

キンノエノコロとう呼び出し音で電話したい日の暮れ遠目などして

いつも玉子買い忘れた感じしてこの細道を登り来る昼

題名もわからぬままに見ていしが映画の奥へ吹き抜ける風

磨り硝子

遠近感なくなりている雪道にマフラーの端
汚し子は立つ

眠りたる子の掌がほんのりと醤油くさかり
雪の夜のバス

脇に凧抱えて戻る日向道わずかの風に凧は
しなえる

籠の底にひまわりの種はあふれ間に合わぬ
ごと栗鼠は食みおり

磨り硝子に子の掌は貼りつきぬ出て行く我
を手は見つめいる

泣く声と電話が混じりて鳴るような感じが
常にする日の暮れは

ずんずんと銀河育ちている真昼子がいつか
逢う一人を思う

笹舟の作り方本に確かめて川原に向かう梅
雨の晴れ間に

汚れたる草刈り鎌の刃の上を裸の蟻が過ぎ
て行きたり

一度だけ見たことがあるフトモモ科ブラシの木のことまた君に言う

草のすーぷ

綿の花育てわずかに実を穫りし日のスケッチブックどこにもあらぬ

向こうからぶつかって来るかなぶんに平衡感覚失う自転車

ひつじ草ぱっちり開き日陰から頭でっかちの子らが出て来る

羊歯と羊歯重なり合いて濡れるとき杉山隆の横顔見える

犬のため蚊取り線香焚く庭に秋は来たれり口笛を吹く

少女らのハンカチのごと昼顔はどんなふうにも風に応える

幼子がつくりし草のすーぷかな空き地の隅に二三日ある

秋の裏側ばかり歩いてた古タイヤ置かれたる野に蓼はそよぎて

合鍵を初めて貰いし秋の川その人の子を産みて渡り行く

子の目の高さにかがむ秋の日の埃の中に鳩の匂いす

ピッコロ

ピッコロを誰かがきっと吹いている図鑑の表紙の白樺の奥

マンションの裏にわずかな日向ありしろばなたんぽぽぼんやりと咲く

ナイロンの袖にはつかぬ鉤状の種子たちは野においてけぼり

真昼間の銭湯がらんと開けられて人の匂いが路地に出てゆく

日に焼けたカーテンさげて教室のひとつひとつに寂しさがある

死にし鳩死にし鯉など見し日なり子は腕垂らしよく眠りたる

かぽかぽと子の長靴は脱げそうでアスパラの細き葉に雨が降る

おはじきがばらまかれたる居間の床小さき膝が踊りて通る

すいれん

桑の実がつぶれて落ちし通学路ズックの子らがよけて通れり

レーニンの写真が壁に貼られたる古き映画に人は抱かれて

薄暗くひとが動ける表札屋聖徳太子の表札もある

イネ科の頁にはいつも風が吹き図鑑の中のチガヤ、コバンソウ

幼児語を正してやれば幼子は芝生の上にあと倒れぬ

竹煮草ささやき草と誰か言う野分けの過ぎし山は匂えり

ブロック塀食べて生きてるまいまいは太りて夏の盛りを越えぬ

いつ身籠りているかわからぬ身体なりすべりひゆ食べ一夏過ぎぬ

嫁ぐ前母と飾りし七夕の金紙銀紙雨夜を照らせり

大原に忘れてきたる黒き傘びーとるも来てその柄にとまらむ

すいれんに触れてみたかりすいれんはいつでも池の真中に光る

ヤクルトおばさん

ああ我もヤクルトおばさんの年齢《とし》となり水鳥のそば腰掛けている

久々に怪我せし夫は子に見せる耳長山羊に
嚙まれし指を

電池で鳴く猫連れている坂道に子供同士が
目を合わせたる

ぼんやりと意識のごとき芽吹きかな雑木林
の湿り気を吸う

紙製の囲碁をあなたと動かして節忌《たかし》柔き雨
に終わりぬ

水鳥は水の時間をゆるめおりみごもりし身
を斜面に置きぬ

犬という生き物いつも待たされている冬の
日硬い鎖鳴らして

水鳥は水を薄めてゆくように川のむこうへ
遠ざかりたり

何日も橋を渡らず眠りたり指の先までみご
もりて重し

枇杷の花枯れたるところ凪止まりもうすぐ
私に会いに来る子よ

Ⅱ

産みし午後

わけもなく梅雨は始まり碧郎《へきろう》のような弟私
にいない

流しに立ち水出すときに胎動は激しくなる
と夫に教えぬ

花水木まぶしく咲きぬ産み終えて重心一つ
なくなりし今日

産みし午後、文字という文字釘のごと飛び
出て見える紙のおもてに

折ってごらんつばめの尾のようにしっかり
とそうすれば飛ぶ紙飛行機は

産まざれば時間あまりし人生か　産院の外
春の雨降る

水鳥の緩き飛翔を追いかけて首も体も回す
子供は

どこからか来たるいもうと　突然に兄にな
りたる子はうつむきて

子ども用の小さいうちわ落ちていて長男長女そろいて泣けり

吾木香に細く細く風渡る　信濃おいわけ武彦の画帳

絵　馬

コッペ蟹袋を破り肢出せり子はよろこびぬ生きていたなと

夕立がやめば涼しい路地に立ち赤子に空というもの見せぬ

二十代最後の冬が君に来て鳥の囀り時計で目覚める

ブロックの忍者四人がブロックの宝探せりLEGOのお城は

夕暮れが雲の裏側にたまりたり嵯峨信之に水の語多し

効能ははたけしもやけひびやけどにきびしらくもオロナイン軟膏

さびしい願いなど書いてある絵馬は石段降りる我を見ている

マーガレットの葉は菊の香がする赤子が指でちぎりて持てば

指の先まで餅のようなりおみなごは眠れるときもぺたりと垂れて

茹で玉子がちょうど入る口をして家族らは食む雪の降る朝

雪の日のマントに抱けばあたたかくまっさらなりしこの子おみなご

トランポリンしてきたる子は両方の腕が重いと提げて立ちたる

三輪車錆びているのが目印と我が家の地図に書き添え送る

雪洞

這い回る子と飛び跳ねる子とクリスマスの飾りのまま明ける新年

一月四日はつかに我子は成長し耳の穴ある
耳の絵を描く

「ぼんぼりって知ってるかかあさん」雪洞は
やさしい言葉てのひらに書く

幼子はもの言うときに口寄せて頬の辺りで
息継ぎしたり

うつくしき色紙のごとこの子らの診察券を
そろえて持ちぬ

犬のように子らは絡みてその横で豆の皮剝
く一人必死に

手のデッサン壁に薄く掛けられていくつも
の雪影抱き落ちる

いくつもの消された線に立ち上がる最後の
線で手は存在す

パラパラ漫画

白梅が溝に散り落ち春が来た感覚だんだん
薄まりてゆく

「これは何？」とお前は常に訊ねくる「苔」「捻子」「羽虫」「壜の蓋」「なずな」

小さくても象に似ているゾウムシを一番いいと子はメモしたり

幼子は輪ゴム一つで遊びおり畳の跡を片頬につけ

かやつりがもう咲き出して夏至までの時間を子らは斜めに走る

いいよ夏、まだゆっくりと来てくれて羊蹄《ぎしぎし》太く呼吸している

あの上に寝転べそうと七月の苗の緑を眺めてこの子

子のためにパラパラ漫画作りたり穴に落ちいし男が飛べり

皮膚悪き子のためガーゼ切り分けて日暮れフロアに鋏は光る

あたちは、あたちはと二歳なる妹の勢いすさまじき朝から

木の床にぺたんと坐り夜のうちに二つの浮き輪膨らましおり

口開けし河童のミイラ展示され口の中まで
照らされており

むらさきいろの風

ちゃぷちゃぷと水筒の水揺れる音歩ける所
まで歩く家族は

双眼鏡取り合いとなり騒がしき四人家族は
林を行けり

夜泣き峠まで登り来て子はすわり込むもう
お茶がないよと言い

子供らの歩幅に合わせ歩く道こんな時間が
あといくらある

頂上に抱かれていたりおみなごは山並みを
見ず肩かじりおり

子のCT撮りてもどれば研ぎかけの米三合
がそのままにある

遊具より子が落ちたこと園では噂となりぬ
「鮎太事件」と

編集者との電話長引き木のゆかに赤子がジャムを塗りて遊べり

かあさんこんな日暮れは何してあそぼ　蟻を殺して遊んでごらん

埋葬虫《しでむし》とうかなしき虫をつかまえて絵日記ひとつ描き終わりたり

蜆蝶両手のなかにつかまえてむらさきいろの風を待ってる

比叡の先

ぴたぴたと廊下を行けば三月の校舎の堅さ脚に感じぬ

ランドセル兄が居ぬ間に背負いたり二歳のこの子脚よろよろと

泥団子に蟻も混ざりて握られぬ日陰の風が頬に当たれり

水田の水覗きいてカブトエビ、豊年エビの違うを見たり

目薬の一滴で眼がいっぱいになりいたる子よ我を見つめる

自転車に手足あまりて漕ぎている男の子たち並木道から

母なればジャングルジムに登りたり比叡の先が少し見えたり

PTA遠い記号のようなりし夏帽子置き話し合いたり

乳房がふわりと浮ける感じしてブランコに立つ　妻なり昼も

換気扇の中から電車の音がする不思議な部屋に棲み始めたり

秋の野の底は深くて野紺菊摘みながら子はよろけておりぬ

祖母逝きし十月一日一隅の光のなかに咲くヒキオコシ

歌論・エッセイ

花の歌　歳時記

一

　青葉がいっせいに萌《も》え出てくる頃、歩いていると、緑の中を泳いでいるような錯覚に陥《おちい》る。そして立ち止まって、木漏《こも》れ日がゆらゆら水のようにゆらめいているなかに自分を置くと、目眩《めまい》のようななつかしい感じがする。

　ポプラの並木道が好きになったのは背が急に伸びてきた中学の頃だ。五月、高いポプラの木の葉は光を溜《た》めてきらきらと揺れる。ずっと遠くまで続いているわけではないのに、並木道の遠近法は、無限の時のようなものを感じさせる。

　同じように、川や畑で遊んでいた友達は進学校に転校して行った。私はせっせと手紙を書いて送った。その頃、土のままだった道があちこちでアスファルト化され、石ころや雑草が消えて行った。今日はあの道が、この前はこの道がと、その事ばかり書いていた。

　そうして、初夏の風に吹かれて、ポプラの並木道を歩いていくときだけ、漠然とした未来に対する不安を、忘れることができたのだ。

二

　六月の池に立って、水辺の花をみるとき、いつも父のことを考える。仕事に忙しく、父とどこかに行った記憶は少ない。一度、近所の池でかきつばた、あやめ、しょうぶの違いを教えてもらった事があった。浮いている丸太をひっくり返して蛙《かえる》の卵を見つけたり、水に泳ぐ昆虫を見つけたりして、父も生き物が好きなんだと初めて思った。

　父が釣りで捕らえた鮒《ふな》を、水槽に飼ったことがあった。田んぼで私が取ってき田螺《たにし》もそこに掃除係として加わった。真夜中、父がぼんやりと水槽の中を覗《のぞ》いていることがあった。餌《えさ》をやりながら、ぶつぶつ話していた。母が、植えた花をしゃがんでいつまでも見ていたり、父のそんな姿を見たりすると、親でありながら切ない感情におそわれた。

父との会話は非常に少なかったが、水槽の中で、私の田螺と、父の鮒が仲良くしていると、その時はそれだけでいいような気がしていた。

三

「今日蟬《せみ》が鳴いたよ」七月のある朝、その年の蟬の声を聞くと、私は誰かにそう言わずにはいられない。夏の蟬は毎年、梅雨が明ける日を知っていて、土から出てきて羽化し、鳴き始める。

一人目の子の臨月のとき、その年初めての蟬を聞いた朝に陣痛が来た。蟬どころではなくなった。病院でだんだん陣痛がきつくなり始めた頃、今度は牛《うし》蛙《がえる》が低い声で鳴き夜になった。

産婦人科は、近代的な建物だったが、なぜか田んぼの真ん中にあったのだ。陣痛の重い痛みと、牛蛙の鳴き声が妙にあっていて、おかしかった。

今、二人目の子の出産予定日が間近に迫ってきた。今度の病院は、自然の豊かさが世界文化遺産にもなっている、下鴨《しもがも》の、糺《ただす》の森のそばに位置している。去年の秋、零余子《むかご》がなっている頃、初めてこの病院を訪れた。生まれてくる子は、最初にどんな鳥の声を聞くだろう。そしてどんな匂いの風に吹かれるだろう。

四

以前暮らしていた家の小さな庭に、山茶花《さざんか》と椿《つばき》の木があった。冬、その木にときどき目白がやってくるのを見つけた。そこで、みかんを半分に切ったものを枝にさしておくと毎日のようにとまって食べてくれた。

嬉《うれ》しくなり、次は素麺《そうめん》の木箱で作った餌台《えさだい》をとりつけ、向日葵《ひまわり》の種を並べておいた。すると四十雀《しじゅうから》が飛んできて上手に種を割って食べている。鵯《ひよどり》がきて邪魔をする日もある。ヤマガラも飛んできた。ヤマガラは、色のはっきりした鳥で、なつけば、手のひらから餌を食べるという。手のひらに餌をのせて、何時間もねばってみたことがある。

野鳥のかわいらしさを初めて知った。何年か前に、高安国世《たかやすくによ》氏の信州の別荘にお邪魔したことがある。そのとき高安夫人が、窓の外を見て「娘がこの林でフルートを吹くと、たくさん小鳥が集まってじっと聞いているのよ。」と話して下さった。うっとりするような話だったと、今でもときどき、思い出す。

五

夏の鞍馬《くらま》駅に降り立つと、山の匂いがむっとしている。山を登り始めると、涼しい風が木々の間から吹いてきて、汗がすうっと引いていくのがわかる。

山道の途中で虫好きの夫が何か覗《のぞ》き込んで、「ああっ」と声を上げた。息子と私が背後から覗くと、枝の先の葉が縦半分に折られて、くるくると小さく巻かれつつ、ぶらさがっているのであった。

人間の指の力で折ったのではない、もっと器用な葉の形である。近づいてよく見てみると、一匹の小さな虫が忙しそうに動いて作業している。それはオトシブミという虫であった。巻いた葉の中には卵が入っているという。孵《かえ》った幼虫はその葉を食べて大きくなるというから驚きである。

その作業は、小さな虫のすることであるから、とてつもなく時間がかかるようだった。痺《しび》れを切らした子供が「早く行こうよ」と手を引っ張った。

六

「わたしのいちばん好きな植物は『蒲の穂わた』です」詩人の伊藤比呂美《ひろみ》さんはエッセイ集の書き出しにこう書いている。それも一、二歳の頃に好きになったのだという。

蒲《がま》の穂《ほ》にこだわって、いろいろなことを伊藤さんは書いている。その文章が好きでたびたび読み返す。根ごと引き抜いてプランターに移植した。生えていた湿地帯が県により整備されることになり、新聞に反対の記事を書いたりしたらしい。しかし結局それは刈られることとなり、伊藤さんは子供さんと、蒲の穂をはさみで切って来て家中に飾ったという。

蒲の穂に一度だけ触れたことがある。夏頃に穂ができるのだが、春先までそれが残っていたものだった。とても温かだったので驚いた。そして柔らかだった。

母親同士で話していると、芝生のある所が自然のある所だと思っている人がいる。蒲の穂のことで喜んだり、嘆いたりしている伊藤さんのような母親にはまだ会わない。

七

福永武彦の『玩草亭百花譜』という本がある。信《しな》濃追分《のおいわけ》の草花を写生した画文集である。

初めの頃、武彦はミゾソバとママコノシリヌグイを間違えてスケッチしていた。どちらも夏から秋にかけて咲く、ピンク色の花である。花がこんぺいとうに似ていてかわいいが、ママコノシリヌグイの方には、茎に細かな棘《とげ》があり、摘《つ》むことも難しい。

それに気づいた後、武彦は葉や花を丁寧に調べ、どのように違うのか詳しく書き記している。『玩草亭百花譜』は自分だけの植物図鑑なのだと言っている。

近所の川にも、どっとミゾソバが咲いている。ところが数年前、川に咲いている草花で、その汚れ具合がわかるという研究発表がされた。それによると、ミゾソバの生えている川は、少し汚いランクだという。がっかりしたが、やはりそうかという気もしていた。ミゾソバが咲き終わる頃、川の色は、秋の色に変わる。冷たい透明感のある色になる。

（「ＮＨＫ歌壇」一九九八年五、六、七月号、
一九九九年二、七、八、九月号）

北沢郁子小論

コート脱ぎて秋の陽を浴ぶ返り見てあれが最後といふ日もあらむ　　『秋の視座』

北沢郁子氏は大正十二年、長野県生まれ。今年で八十四歳になる。「誰も弾かぬ竪琴のやうふる雪に柳は枝をひた垂りてをり」（『感傷旅行』）や「夕闇にはこばれて来しランタン傷ましき話題の真中に置かれぬ」（『桃季』）など初期から静かさの中に強さのある歌を作り続けてきた歌人である。

冒頭に引いた歌の「あれが最後といふ日もあらむ」という部分だが、あれとはなんだろう。そんな風に秋の陽射しを浴びていたゆっくりとした時間、ワンシーンということか。一首の中で複雑に時間が交差している。現在の秋にいる自分、未来から見てそれが過去となった自分。そして「あれが最後」と思うことの哀しさ。この次の歌集『菊籬』には「やがて来む見えなくなる日しばしさへ眼閉づるに惜しき秋の輝き」という歌さえある。老いという不安な時間の流れのなかで、一秒でも命輝いてこの世の生を送りたい。高らかにその気持ちが歌われた歌ではないだろうか。これらの歌は作者の七十代の歌である。

覗きたる鏡の中にわが影の映らざる日はやがて来たらむ　　『秋の視座』

出掛けてをりますといふ留守電話ゆきて帰らざらむかの世ならば　　『想ひの月』

一首目は、一瞬、ぎょっとする怖いような歌である。歌の末尾に（死）とついているのだが、死んでしまえば、鏡を覗くことすらできない。もしくは、死後、霊と化した自分が、鏡を覗いたら、そこに肉体はもうないという歌ともとれる。この不思議な時間のずらし方が北沢郁子独特のものであると思う。

また二首目の留守電の歌も謎めいた歌である。「出掛けてをります」という留守番電話のメッセージは、再び戻ってくるために入れてある言葉である。それが出掛けているところがかの世なら、もう帰ってこないだろうというのである。あの世とこの世が留守番電話で結ばれているような幻想さえ見えてくる。『想ひの月』は昨年出版された歌集であるが、この歌集により初めて北沢郁子の歌に強い印象を受けた。今までの女流歌人とは違う、歌の作り方を見たような気がしたのである。

鏡の歌や、留守番電話の歌を読んでいて感じるのは、北沢が生と死の世界を断絶させないで、その間に浮遊した時間があるように捉えているのではないかという所である。それを具体的な素材を使って作歌しているので、幻想的なイメージだけで終わらない、不思議な現実感があるのだ。

弔いの歌や、死について考えている歌は、北沢に非常に多い。これまでは、北沢郁子自身が迎えるであろう死について詠まれた歌を見てきたが、では他者の死の場合はどうであろうか。

未解決の疑問も仕事もなきごとく人は死にゆく手を組まされて　『想ひの月』

去りがてぬ死者を無理やりに行かしめて薄穂波は道閉ざしたり　『菊籬』

身投げせし人の止めたる車中にて中吊広告見つくすわれは　『菊籬』

一首目の歌は連作の中にぽつんと出てきて、どのような人の死なのかはわからないが、内容としてはわかりやすい歌である。懸命に働いてきて、思いがけなく死を迎えたような人の姿が見える。「手を組まされて」という結句に「死」という運命には誰も逆らえないという重みと、組まれた手という肉体の一部に臨場感を感じる。上の句の「仕事」というのは分りやすいが、「疑問」というところがこの作者の独特の言葉ではないだろうか。「問題」というほど大きなことでなく、個人個人が何気なく考えていた「疑問」。それがもう何もなかったように封印されて、解決されないままに人は死んでいくのだ。

　突然に止められてしまう時間というものを、この一首から感じる。しかし、死者はそれを自覚することはもうない。ただ寄り添う生者のみが強く感じるだけである。

　二首目は北沢の第十五歌集『菊籬』の歌である。去りにくいような死者を、さあもう行きなさいというように、無理に行かせたその運命の強引さ、抗えない無力さ、それを作者があたかも傍で見ているような光景である。「道閉ざしたり」とあるが、薄穂波なので、柔らかな終り方の印象がある。これらの歌から見ると、北沢の他者の死に関する歌は、死者の口惜しさの代弁のようにも読み取ることができる。どのような最後であれ、たとえ天寿を全うした人でさえ、あと少し生きていたいという願いを最後まで持っているかもしれない。もう声にはならないその言葉を北沢は成り代わって詠んでいるのだ。

　また、三首目の歌は、これらの歌の中では異質で、身投げした人物に対する、関心の無さ、もしくは「身投げ」に対する拒否感というものがあるのかもしれない。作者の意思表示がはっきりとしていて驚く。しかしこのような冷静さも北沢の特徴のひとつであろう。

　もう一つの北沢の特徴に、死後に死者との日常の中で触れ合うという場面の歌がある。

死者は今孤独に泣きゐむパーティの人らの間を行き戻りつつ　『菊籬』
人は死にて人の記憶のなかに入る時にはものを言ひたりなどして　『想ひの月』
持つ箸を落して死に入りゆきし人は夢にて箸を操る　『菊籬』

　一首目のパーティの歌。作者自身がパーティの会場にいて、ぼんやりと人々が入り混じるなかに死者を思い起こしている。「行き戻りつつ」が実際にみているようである。生きているものにもあるが、死者にも同じようにあるという孤独。どんなときも死者を忘れないでという北沢の強い思い。

また、二首目は作り方に独特のものを感じる。作者は、死んでしまったひとを記憶の中で思い出しているのだろう。それを歌にするときに、逆のイメージから作っている。死んだ人が主体的に生きているひとの記憶に入り、そして時には話したりするという表現になっているのだ。死んだ人は、記憶のなかで生き生きとしている。この歌はそう表現しながら悲観的な部分がない。死んだ人も生きている人も同じように生き生きとしていて、不思議な明るさが見える。

また三首目は人＝死んだ人なのだろう。箸で何か食べたのを最後に亡くなったひと、その人が夢に現れまた箸を持っている。「箸を落して」「箸を操る」という繰り返しや、手元の場面のクローズアップが不思議な感覚を残す。あの世とこの世をイメージしながらも、北沢は、死者を死者として突き放したり、手の届かないものとしてしまうのでなく、まだ生きているものと交信しあえる場所や、時間がいつでも胸の中にあるような、死者をかばうような、そんな印象さえ受ける。

このような、構成の歌は非常に多く詠まれている。具体的に誰なのか、どういう経緯から詠まれたのかはほとんど分からない。作者は敢えて情報を省いている。霊を見ていると言ってしまえばそれまでだが、「霊」というよりも、生きている自分が、強く意識する死者の気配、声や肉体の接触はないが、自由に行き来できる「神」のような精神を持つもの、それを北沢は表現したいのではないかと思うのである。

残さるること幾たびにただ一度残し去るべき
人のかなしさ
『夢違』

またこんな歌もある。親しいものたちに先立たれ、寂しく辛い気持ちを幾たびも味わった。そしてその人が今度はただ一度親しいものを残して去るだろう……。そのかなしさよ。というような意であると思う。言葉遊びのように作られているのだが、「ただ一度」という言葉の重さ、短歌だから出来る箴言のような作品である。

では次に北沢自身の生への眼はどのようであろうか。

遠景の一人といへど複雑な人生をもちゐむ人それぞれに　　『想ひの月』

一本の睫毛の白くなりたれば牝牛のやうに瞬くやさし　　『菊籬』

どちらも気持ちがやさしくほぐれてゆくような歌である。遠景に見えて何気ない動作をしている人、直接語り合ったりすることはないけれど、一人づつそれなりに苦楽の人生を送っているのだろう。「遠景」「複雑」という漢語がきいている。この歌を読んでいると、遠景の一人になって見られる側にもなるし、遠景の人らを見ている作者側にもなることができる。

また睫毛の歌は老いた人の横顔であろうか。「牝牛のやうに」という喩が命のゆったりとした流れや、気持ちの豊かさを思わせる。

鈴なりの梨は不運のかたまりのごとく見えたりかの秋の日に　　『想ひの月』

こういった北沢郁子の歌は、かなり省略された部分があり、読者は唐突な印象を受けるかも知れない。何故、梨がそのように作者に見えたか、作者に何があったのかは不明である。しかし私はこの大きな省略はそのままでいいと思う。それが何かわかれば、読者は納得するだろう。しかし歌を離れて作者に同情したり、歌のイメージも限定されてしまう。何も事実を言わないところに作者の強さが見えるし、梨の木がとてもシンボリックなものとして心に残る。私もまたこの歌のような心境で何かを見る日が来るかもしれない。そのときに、この梨の歌は私の心を自由に出入りするだろう。

投げたるにあらねど投げたるごとくにて晩年といふはいつから計る　『秋の視座』
さびしとも思はずにゐるそのことに気づきてつひに寂しと思ふ　『同』

一首目は、強く言い放った歌であるが、読むほどに考えさせられるものがある。「投げたる」という言葉のリフレインが歌を面白くしている。自分では投げ出したつもりではない。しかし、思い返してみたり、他人から見られた場合、どこか投げ出しているように見えても仕方ないのか。いったい晩年とはいつからなのか。「人生を投げ出してはいけない」と教訓的めいたことでなく、老い、晩年を過ごすということの難しさを、自然体で伝えている歌なのではないだろうか。

また二首目もリフレインがきいている歌である。初句から順に読んでいき結句で頷かされる。寂しいということにさえ気づかないさびしさ、とてつもなく空っぽの胸のうちが見える。「つひに」という言葉が長い時間や人生の流れ着いた先を思わせる。

梨の歌もそうであるが、北沢の歌の特徴として生きていく上で、自分の弱さや、打ち勝てない運命のようなものを読もうとするときに調子がとても強い。自己を遠く突き放して見る、あるいは見たいからではないかと考える。これらの歌はネガティブというわけでもないし、自己否定まではいかない。孤高の結晶化というと大げさだが、戦中戦後を女一人で生き抜いてきた強さが見えてくる。これらの類の歌(「誰からも忘らるる安らぎ折折に呼ばるる喜び命日といふ」『秋の視座』など)は、よく失意の歌であると評される。また、「一つの方向に自らを決めつけて狭めてゆく必要はないと思う」(大島史洋『現代短歌文庫』より)といった批評もある。

大島の意見も納得できるものであるが、私にとって北沢のこのような歌は、気持ちのよいものであった。短歌の言葉によって、自分をごまかしていない。ただただ、真の自分ひとりに向かって呟かれた言葉、その潔癖さが歌にある。

（略）宇宙の中で見えない位の点にも過ぎない自分の一生というものは、一体何なのだろう。（略）宇宙の中に消えてゆくのは美しい人生の結末というべきか、自分一人ぐらいは自分の位置を見究めてやるべきだろうなどと、思いはその範囲を堂々めぐりするのであった。　『忘れな草の記』

作者の八十歳に出版されたエッセイより引いた。実母の死後一年ほどの間に、考えていたことだという。いろいろな問題を内包しながら、鳥瞰すれば、ちっぽけな存在であるという自分。しかし自分の存在を自分くらいは認めて残してやりたい。そのような矛盾した思いが誰の心の中にもある。そしてその矛盾は、死ぬまで解決できないものでもある。

北沢の梨の木の歌や、「投げたる」のような老いの歌の作り方を私はとても珍しいと思う。人生をまだ半分以上知らない私にも、強く訴えてくるものがある。生きていく上での孤独というものを作者が極限まで追い求め、作品化している。

北沢郁子が、繰り返し詠む死の歌、死者の歌、もしくは生の歌は、北沢のいう「堂々めぐり」のなかで、あくまでも自然体に発光している歌である。何か、わからない死というもの、生へのこだわりを臆することなく表現し続けている。そして、どこかちがう場所や時間をずらして自分を見ている自分、もしくは死者の眼を意識していくことで、変わっていく世界、あるいは精神状況を北沢の歌は濃く表している。死と生を多面的に捉えながら、そこに潜む強い自己の意志というものを、北沢は持ち続けている。

（「塔」二〇〇七年六月号）

小説『弟を死なす』から見えてくるもの

大正六年、土屋文明は二十七歳。米田利昭の年譜（『土屋文明』短歌の近代）によれば、

図書館司書になろうとしてならず、荏原中学につとめる。一〇月二二日弟望運、文明の土産の蟹の中毒で死ぬ。父、家を売り則一郎らと東京深川に出てくる。（後略）

とある。

前年に文明は東京大学を卒業し、国民新聞社に入ろうとするが果たせなかったという。翌年、社会人一年生として意気揚々と始まった人生に、自分の過失で弟を死なせるというショッキングな出来事が起ったわけである。文明には四人の弟がいたが、望運は四番目の弟で十二歳違いで生まれている。則一郎というのは、一番目の弟で続いて、筆司、弥市である。この蟹の事件について文明は、小説『弟を死なす』を書き、土屋文明の筆名で大正七年五月、「帝國文学」に発表している。「帝國文学」は東京帝国大学文科大学の教官、卒業生、在校生によって明治二十七年に結成された「帝国文学会」を母体とし発行された雑誌である。この小説については、大井恵夫の『土屋文明（短歌の周辺）』に細かい検証がある。それらも参考に、考察して行きたい。

小説『弟を死なす』は弟を死なせてしまった経緯とともに、その時の自身の心理状態をこと細かく追求しているような短編小説である。事件の経緯を小説に沿って簡単にまとめてみる。東京に住んでいた主人公は、帰郷するにあたり、お土産として、午後三時ごろ蟹を二籠安価で買う。「蟹は一日くらいもちますか」と確認した上での買い物だった。T町に着いたのが、午後十一時ごろで、実家までは二里もあり雨のなかを帰れず、知り合いのS先生宅に行く。

しかし不在であったため、さらに一里離れた伯母の家へ行き泊めてもらった。蟹はひとつは、S先生の奥さんにさしあげ一つはその先生のお宅に預かってもらっていた。翌朝、伯母の家に、S先生からのお礼の手紙と預けていた蟹が届き、主人公はS先生の家へ引き返すことにした。伯母には蟹を郷里の実家へ届けるように託した。引き返した主人公はS先生と語り合い夜には枕を並べて眠る。

　夜中に、S先生が激しい嘔吐に見舞われ、医師がきて、朝に食べた蟹が原因だとわかる。幸い医師の手当てにより先生は朝には治り出勤、主人公も急いで故郷の村に行く。村では蟹の中毒が起ったと大騒ぎになっていて、主人公の母と末の弟が危篤の状態で、ほかに十四、五人のひとが苦しんでいる。小説はここからの様子を克明に書き、弟の弱っていく様子、母の苦しむ様子、その中で責任逃れを考えてしまう主人公がリアルに表現されている。そして、弟は息を引き取り、重篤の母のそばで、作者は弟を棺に入れ、そして出棺させる。弟を葬送し、母のそばにもどり声をかけるところで小説は終わる。

「私は郷村の人からよい子として、又よい兄として噂されて居る。けれど実際は、親の僅少な畜を食ひ、弟等の細い働きの仕送りを受けた外、何等子として、兄として盡したことはない。」(蟹を買うのをそばに居た人に褒められて)

「さうして此の醜い母の老顔にから親しく手を触れることがその責任の少しでもを解除して呉れゝばいゝがと思つた。」(床に臥して苦しんでいる母を見て)

「私は死に臨む生命の美さを考えた。」(弟の苦しむ姿を見つつ)

「私は心秘かに母に二度までも死を望んだ。初めは私の起させた中毒の余りに多いのに恐れた時、次には弟の臨始《ママ》に。けれど今又更に母を死なせるに堪へなかつた。」

「私は彼の眼を深く瞑せしめ、手を組み合はせた後で、そつと自分の顔を彼の口にすりよせた。屍臭は私の鼻を襲つた。私は不快になつた。すべての人が一筋に悲しんで居るのに私ばかりが罪を免れんとする不純の心を抱いて居るのが悲しかつた。」

恩のある先生が自分のあげた蟹に苦しみ、また故郷の狭い村で、大騒ぎが起き、家のなかで身内の一人は死に、そのそばで一人は重体である。重苦しいという言葉では終わらないような空気が小説全体に流れていて、その何日かの騒動のなかで、自己を徹底的に観察、分析しようとしている作者がいる。特に、最後に弟の屍臭を嗅ぎ不快になる場面は、一種の迫力さえも感じる。さらに、それに付加されている状態として、この弟は、殊更このお土産を喜んで食べたということ、中毒に苦しんでいるさなか、役場から受験していた準教員試験の合格通知が弟に来たということ、棺に入れられた弟が主人公の着古した袷と袴を着せられていたことがあり、弟の死にさらなる悲しみを与えているのである。

この小説を読んで思うことは、まとまっていて、状況や心理状態も克明に書かれているものの、リアリティがあるようでどこか作り物めいているということである。このような一種の告白的小説を書くのは難しいことだが、自分は加害者であるという自責の念が全体に強く出すぎていて、ややくどさも感じられる。文明が「井出説太郎」の筆名をやめて「土屋文明」に変えたのも、なんとか事実に基づいた流れをリアルに表したかったためだと思うのであるが。

歌集『ふゆくさ』にはこれらのことはどのように詠まれているのだろうか。大正六年の「亡弟と相伴ひて春山に一日暮らせし昨日と思ふに」という一連に、

たづの木《き》の枝《えだ》に上《のぼ》らせ折《を》らしめしあけびもいまは心《こころ》がなしき

たらの芽《め》の重《おも》きを負《お》はせて芝山《しばやま》をいそがせし
姿目《すがため》につきて去《さ》らず
弟《おとうと》をはふりの道《みち》の天《てん》はれてぬるで紅葉《もみぢ》はそよ
ぎ光《ひか》るも
父親《ちちおや》がつひのなぐさとはかしむる袴《はかま》もあはれ
吾《わ》が古《ふる》はかま

という歌を見ることができる。豊かな故郷の自然、そして、長兄として、家族のなかで弟を働かせ、生活のさまざまなことを教えた年月を思いだすとともに、最後の二首は葬儀の場面となっている。小説のなかでも、「私は弟の多くをいぢめた甚六であった。」と振り返り、火傷をさせてしまったり、包丁で怪我をさせてしまったことなどを書いている。ただ、一番下のこの弟には年齢の差もあり、一点の汚れもなく彼を愛し、弟も兄を怒らせることのなかった十四年間だったのである。この中では、特に後の二首が印象的である。「はふりの道の」歌は、葬送を詠んでいるのに、下句のリズムや表現によって逆に晴れやかな感じがする。「ぬるで紅葉」という言葉も強い印象をこの一首にもたらしている。この四首には、幸せであった弟との故郷の日々と、小説にも書かれてあった、お下がりの袴のことだけを詠み簡潔にまとめている。大正七年「えごの花」では、

衣《きぬ》の裾《すそ》に螢《ほたる》はつつみ萱草《くわんざう》の葉笛《はぶえ》をならし来《きた》る
わが弟《おと》
弟《おとうと》は友《とも》に別《わか》れをよび居《ゐ》しがいつか真似居《まねゐ》る
郭公《くわくこう》のこゑ
弟《おとうと》とならびかへりし父《ちち》の家《いへ》もその弟《おとうと》もいまは
あらずも

と詠んでいる。一、二首目は弟の少年の日の姿が牧歌的に詠まれている。故郷の自然のなかでのびやかな弟との暮らしと、共に暮らした家のなくなってしまったことを嘆いている。

同じく大正七年「薄荷草」では「夏《なつ》されば摘《つ》みて野風呂《のぶろ》にいれし草《くさ》なき弟《おとうと》を思《おも》はしめつつ」と詠み、

現代風にいえばハーブを風呂に入れ夏の暑さをしのいでいた生活を描いている。続いて同年の「弟の墓」では「原《はら》なかの弟《おとうと》の墓《はか》は吹《ふ》き曝《さ》れて地肌《ぢはだ》あらはに霜《しも》のとけゐる」とある。

このように文明は故郷の風景と弟の思い出や死を、切れ切れに詠んでいるだけで、その背景は、消して歌にすることはなかった。それゆえに、歌集『ふゆくさ』では弟の死は何気なく詠まれた一事象に過ぎず、ぼんやりしていたら読み過ごしてしまいそうな歌にも感じられる。そして「死なす」という衝撃的な事実も詠む事はなかった。

私が『ふゆくさ』のこれらの挽歌から感じるのは、純粋な弔いの歌と、それとは少しずれた歌との二種類があるということである。純粋な弔いの歌は、「古はかま」や「父の家」「弟の墓」などの作品で、それ以外の、「ぬるで」や「螢はつつみ」「野風呂」の歌などは、主題として亡弟がありながらも、自然に触れて生活している文明のスタイルや、故郷の自然の美しさの方が前に出ているように感じられる。亡弟もそのような生活を楽しんだだろう。しかしそれ以上に、挽歌のなかに文明の郷愁が含まれている。だから具体的に人間としてどんな弟であったかは、これらの歌からはあまり思い浮かべることはできない。

また『ふゆくさ』には入らず「アララギ」に残っている歌では、大正六年十一月号の「つき消ゆる品川沖の浮標の灯もいまは立ち見る心もなくて」という一首がある。打ちのめされた精神状態を感じる一首である。大正七年は歌を休みがちで「アララギ」に名前のないことも多かった。

『ふゆくさ』は大正十四年二月に出版されたが、「アララギ」には大正十四年十月と十一月に歌集評が組まれている。そのなかで斎藤茂吉は、

作者が植物に執着して種々の植物名を歌に詠むのは長塚節が嘗ていろいろと雑草の名を並べたのに類して居つて、その根源は正岡子規の『草ばな好き』に溯ることが出来る。

と書いている。第一歌集『ふゆくさ』から強く意識して、歌の材料の柱として植物があるのだが、特に弟の挽歌に詠まれている植物は、文明の傷心を隠すように爽やかで美しいものとして詠まれている。弟の死を短歌の上では整理できず、植物に頼る詠み方しかできなかったのではないか。突き詰めて言えば、植物を詠むことによって無意識のうちに、弟の死を浄化したかったのではないだろうか。

また文明の歌はただの「草ばな好き」だけで終わっているものではないように感じる。弟の葉笛の歌や、薄荷を風呂に入れる歌を見ていると、単に愛でるというより植物を実用すること、生活に生かすことに積極的である。

また同じく高田浪吉も「アララギ」の『ふゆくさ』批評を書いていて、先にあげた大正六年の「たらの芽の重きを負はせて…」や「弟をはふりの道の天はれて…」などに触れ「私は嘗て氏の創作『弟の死』といふ小説を読んだことがある。そこには可成りの動揺が窺はれた記憶があつたと思ふ。」と、記している。高田浪吉は文明よりは七歳年下で、大正五年に十九歳で「アララギ」へ入会し、島木赤彦に師事した歌人である。小学校卒業後、実家の下駄塗装業を手伝っていた浪吉は、斎藤茂吉や文明らの東大エリート組とは違う生活感をもっていて、文明とは何度か歌について論争もしている。

文明の小説を読んでいたと思われる浪吉は、その小説と短歌作品との微妙な違いに気づいていたのである。浪吉は、動揺の見えない作品といい、『ふゆくさ』は「人の追従を許さざる作品を成し得る聡明さがある。」「私はこの作者に愚鈍的の所のあるを欲つす。」と結論付ける。やや観念的な文章であるが、文明短歌の破れ目の無さを浪吉は、欠点としてあげたのだ。

『ふゆくさ』に小説の「弟を死なす」のような一連の作品を詠めばその部分は突出した一連となり、歌集のひとつの山場となったかもしれない。しかし全体的に言って『ふゆくさ』は人生の起伏を短歌で詠もうとしていない。この翌年の大正七年に文明は塚越テル子と結婚し、大正九年には諏訪高等女学校校長となる。十一年には、長男、十二年には長女が誕生し、十三年までの作品で歌集は終わっている。そのような輝かしい人生の只中にいながら、いつ妻を娶ったとも、いつ子供が誕生したとも歌にはなく、言葉として、妻がふいに現れ、子が現れる。大正六年、亡弟を詠んでいる辺りまでは、故郷を思い出して詠むことが多く、時間や場所が過去へもどり、現在と行ったり来たりしているように見える。

大正七年ごろから、そのような時間の戻り方は減ってきていて、その後、一般的にリアリストと評される文明の横顔が見えてきている。

鼻をよせ口をゆがむる汝がくせの幼きにして
は淋しきものを

子は子とて生くべかるらししかすがに遊べる
みればあはれなりけり

『ふゆくさ』最後から六首目、四首目にこの歌がある。長男夏美を詠んだとして二歳くらいの幼さである。その幼子を見ながら微妙な心理を詠んでいる。幼子のなかに大人の表情を見、これから歩いていく果てしない道のりを見ている。

「弟を死なす」という事件は、これからひとつの家庭をもとうとした文明に、暗い重石となったはずである。短歌では克明に詠めなかったことを、再びまな板に乗せ、小説に表現したが、それきり文明は小説を書くことをしなかった。

『ふゆくさ』には子供と楽しく生活している歌もあるが、文明の次の視線はリアリストとして、どこまでも人間の本質を見ていこうとしている。言い換えれば文明のリアリストとしての眼は、この「弟を死なす」という事件があったからこそ生涯、貫かれたのではないだろうか。小説に別れを告げ、人間追求を短歌に求めようとする決意が、次の歌集『往還集』へつながって行くように思える。

（「塔」二〇一〇年一二月号）

高田浪吉との論争から見えるもの

近藤芳美は『土屋文明序説』のなかで、

「病む父がさしのべし手はよごれたり鍍金指輪ぞ吾が目にはつく」「父死ぬる家にはらから集りておそ午時の塩鮭を焼く」等とうたわれる作品にまつわる索漠とした不安感はその無感動、無表情ともいえるあらあらしい表現の技法と共に今彼が生きていく現実を、昭和初年という時代との関りにおいて鋭く具象する。それを文明調といい散文化などと時の歌壇は呼んだ。新現実主義という言葉で分類する批評家もいた。

と述べている。この二首は文明の第二歌集『往還集』の終わりの方にあって、実父を詠んだ作品である。斎藤茂吉の「死にたまふ母」の一連と比べても感情の強い抑制は、顕著である。文明の特徴といわれるリアリズムとは時代のなかでどのように見えていたのだろうか。それを考える一つとして、第三歌集『山谷集』に次の一首がある。

争ひて有り経し妻よ吾よりはいくらか先に死ぬこともあらむ

事実、文明の妻、テル子は昭和五十七年、九十三歳で、文明よりいくらか先に亡くなり、文明は「さまざまの七十年すごし今は見る最もうつくしき汝を柩に」といった歌を詠んでいるのである。

この「争ひて」の歌は、高田浪吉が「アララギ」に「人間本来の道を見出し得ない」と激しく評し、文明と論争になった。余談だが、佐藤佐太郎の「妻とぬる夜といふともさだまりて喜びありと吾は謂はなく」や「わが妻が身重になりて折々にみにくき事のごとくに疎し」(『歩道』)という歌も同じように私は気にかかる。（岩波文庫、『佐藤佐太郎歌集』の佐藤志満編には撰ばれることはなかった。）

　高田浪吉は文明の歌をどのように考え、文明とは何が違っていたか、論争を中心に見ていきたい。

　篠弘の『近代短歌論争史・昭和編』によると土屋文明と高田浪吉は、昭和五年から六年の間にいくつかの論争をしている。篠はそれに「土屋文明と高田浪吉の生活詠論争」と名づけている。この「争ひて」の歌にまつわる論争はその発端となったものである。

　昭和五年九月の「アララギ」に、文明は「八月十六日」と題する九首の歌を発表した。これに対して、すぐ「アララギ」十月号の「作歌余禄」に浪吉は激しい批評を書く。「作歌余禄」といっても長い文章で、文明だけでなく、この号では斎藤茂吉、中村憲吉、土田耕平など幾人かの作品を批評している。「八月十六日」のうち、浪吉が批評にあげた文明の歌は次の三首である。

①ふるさとの盆も今夜《こよひ》はすみぬらむあはれ様々
　に人は過ぎにし

②安らかに月光させる吾が體おのづから感ず屍
　のごと

③争ひて有り経し妻よ吾よりはいくらか先に死
　ぬこともあらむ

　①の歌に対して浪吉は芭蕉の「さまざまの事おもひ出す桜かな」とすぐに結びついたと言い、そして「様々に人が死んで行った」という考え方を好まないと言い切る。「さまざまなことをして人が死んだ」のであったらまだわかると。

　これに対して文明は、芭蕉と自分との「様々」の用法はまったく違うものだといい、浪吉の批評の仕方が悪いとも言う。そして「過ぎにし」については、「様々の死に方をして人がすぎゆ《ママ》いた」と表現したに過ぎないと応える。

　内容に立ち入って散文的に云へば、早発性痴呆となっても死ぬもの、長寿を楽しんで往生するもの、苦役に足を挫いて死ぬもの、美しき処女として結核に倒れるもの、ある限の財産を病床に費消して華々しく死ぬもの、即ち様々に過ぎゆくのである。それ等に対して作者は肉親としての愛着と又人生のありのままを見るべき幾分の冷静を持して居るのである。　（「アララギ」昭和六年四月）

死に方のいろいろな羅列などはいかにも文明らしい文章であると思う。このような強烈な死に方を想像はしなかったが、「ふるさとの盆」という言葉がある限り、結句の「過ぎにし」は「あはれ」と呼応していて、文明の言うとおり「さまざまに死んでいった」ということになるだろう。文明は歌人として、人々の死を冷静に見、言葉にしていくことを主張している。

「過ぐ」という言葉には「過ぎる」以外にも「生活する」「越える」「終わる」「死ぬ」といったさまざまな意味がある。現在の辞書では「死ぬ」というのは最後の意味としてあるのだが、古典でも使われる用例であり、文明は使っているのだろう。これらの論争に対し、篠弘は、「浪吉は文明をやっつけようとするあまりに、さして論点とならない部分に力を入れてしまった感じがする。」（『近代短歌論争史』）と述べていて、私も同感である。

しかし文明の歌を読んで思い出す歌がある。

数々の人死にゆける時の間を遠世の如く思ほゆるかな

この歌は高田浪吉の第一歌集『川波』のなかにある、関東大震災の現場をリアルに詠んだ作品のひとつである。大正十二年九月一日の昼ごろ、この地震は起き、十四万人の死者、行方不明者が出た。現場にいた浪吉はつぶさにその状況を読み、また克明な状況を震災記として「アララギ」に載せた。焼け野原をさまよい家族を探しながら浪吉が詠んだこの一首には、下句、特に呆然と立ちつくしている作者のやりきれなさが感じられる。結果的に、浪吉はこの地震で、母と三人の妹を亡くしてしまうわけだが、文明が「死」をテーマにして①の歌を詠んだとき、二人の間には人間の死について感じるところの、非常に大きな隔たりがあったのではないだろうか。

　文明は大正十一年から松本に転任となり、震災時には東京にはいなかった。『ふゆくさ』には「大正十二年九月二日上京遂に空しくかへり来りて」という三首があり、深川の父母を見舞っている。またその翌日の九月三日に文明には、長女の草子が生まれている。浪吉の批評は、舌足らずで説得力に欠けているが、浪吉の体験や、歌を読むと、批判しようとした気持ちもわからないでもないのだ。

　また②③の歌では、浪吉は「これらの歌を甘しとする」と言い、妻と争いをしていた夫が、寝ているうちに月光が差し、自分の姿を憐れんでいるとストーリーを作って読んでしまっている。②の歌の批評に反論して文明は、「この歌は自分の姿をあはれんでなど居ない。そんな心持ちより一歩静寂な境を目ざして居るのである。」とさらり躱している。

　そして続いて③の歌に、浪吉は「妻が、吾より先に死ぬといふ作者の作歌態度には、人間本来の道を見出し得ない」と憤慨する。

> ……妻は、どこまでも人として畏敬すべきものである。もし人として畏敬し得ないならば、先づその人を換へるのである。その人を換えることが出来なければ、他に愛人を作るべきである。それも為し得ねば遊び廻るがいいのである。それも為し得ないところに歌が出来るとするならば、歌は儚い人生の戯れである。

浪吉の論は、歌から外れて行き、何とも支離滅裂である。歌よりも、生身の文明を攻撃している文章である。これに対し文明は「ただ人世の見方が全然異なつて居ると云へば足りる。増悪の何ものかに就いてさへ内面的に入り得ない高田氏にはこの歌の批評は無理であらう。」と反論する。この文明の文章は、文明短歌を理解するうえで非常に重要な一文である。

篠弘もこれに同調して、

「人間本来の道」がそのままそっくり「歌の大道」とみなすような、赤彦ばりの倫理主義的な短歌観にたいし、文明は「人世の見方」の相異をあきらかにして、生活の内面にたいする掘り下げや、思想面の拡充を言いたかったからであろう。

とわかりやすく、解いている。

高田浪吉の批評は、文明によって、ことごとく覆され、鼻であしらわれているような形になっているのだが、浪吉の論は、文明のリアリズム短歌が出てきたその時の、自然な驚きとして誰にもあったのではないであろうか。それに対して、浪吉は素直に反応して書いてしまったともとれないだろうか。また文明の突然の「憎悪」という言葉もどこかわかりにくい所が私にはある。

文明の「憎悪」とは何か考えた場合、やはり他人よりも、肉親に向けられたものを考えられずにはいられない。その一つに『山谷集』で北海道へ行く一連がある。

罪ありて吾はゆかなくに海原にかがやく雪の
蝦夷島は見よ
獄舎のあと柳のこむら今ぞ萌ゆる時のうつり
は心和ましむ

これは囚人として獄死した祖父の樺戸監獄を見に北海道へ渡った一連と思われる。ここには、幼いときからの怯えや、祖父への侮蔑もない。逆に、実際に訪れて歌に詠むことによってその憎しみを大きく越えて行ったように見える。文明の人格の中には、深く根差した「憎悪」というものがあったのかもしれないが、それは一般的には特殊なことでないだろうか。それが浪吉にはわかり得ないものだったのではないだろうか。

浪吉の第一歌集『川波』の巻末記に「私は、幼い時から、父と母との争ひを看た事がない。私を入れて弟妹八人二十何年間不幸一つなく父母の膝下に育つた事は、人生稀な幸福者と私は思つてゐる。」と書いている。これは『ふゆくさ』の巻末雑記に監獄で牢死した祖父について書いていた文明とはどこか対照的である。

ちちのみの父は独となりにけりこの真昼我と膳にむかへる
大方は父になりはひをまかせゐる健やかなれば父よしまさむ

高田浪吉の第一歌集『川波』には関東大震災で妻や子を失った父に、心寄り添うようなこのような歌が多くある。冒頭に、近藤芳美が引いた文明の歌とはまったく違う。浪吉は常に家庭平和をもとめ、それが当然であるべきと考えているところがあった。また、妻を詠んだ歌には、

亡き母のおもかげに立ちつこれの世に生きながらへて妻を得しかも
分娩にくるしむ妻をおもひめぐらせど術なし庭にふる雨　『堤防』

というように、自然に妻の気持ちに寄り添うような歌がある。

高田浪吉とはどのような人物だったのか。浪吉は明治三十一年、東京本所に文明誕生より、八年後に生まれている。小学校卒業後、家業の下駄塗装業についている。大正五年、十八歳で「アララギ」に入会。島木赤彦に師事する。第一歌集『川波』が有名で、昭和四年に出版されている。『川波』という歌集は、「いかにして吾が身ひとりの人ならず心はがゆし春のくもりに」といったみずみずしい相聞歌に始まり「耳もとに米吉の名を呼びにつつ肩ゆすぶれど瞳ひらかず」と同じアララギの歌人松倉米吉の看護をし、最期を看取った一連が続く。松倉米吉は、浪吉と同じように、職工をしながら短歌を詠んだ貧しい歌人で、肺病で若くして亡くなった。浪吉は米吉没

後、中心となって松倉の歌集を刊行した。そして『川波』の後半は大正十二年の関東大震災の歌が続く。この震災で浪吉は、母と妹三人を失っている。

この論争の頃は、文明が四十歳、浪吉は三十二歳である。文明は、結婚し、法政大学予科講師となり、三人の子をもうけ、アララギ編集発行名義人となっている。浪吉は、小さな借家に妹と二人で住み、昼は父の仕事を手伝い、夜は、アララギ発行所の手伝いをしていた。地方から出てきたエリート歌人と、もとから東京に住んでいた、職工歌人。二人には境涯的にも大きな違いがあった。

赤彦没後の、「アララギ」の内部の気分は必ずしも、赤彦流にならざるものの生じて来るのは当然なのであって、そこに又変化発展のあるのは疑う余地のない事実なのである。然るに私にとっては、どこまでも赤彦の気分による発行所に執着があったようである。赤彦的なものをあたかも、否定していこうとするかに見えた、茂吉、文明の気分は、当時の若さの私にとっては、なんとも納得できないものであった。

（『わが歌の遍歴』）

大正十五年に、浪吉が師事した島木赤彦は亡くなったが、その頃の気持ちを、浪吉はこのように記している。ある時は、文明に「斎藤さんの我儘は許せるが、君の我儘は許せぬ」と言われるほど、文明に反発をしていたようだ。文明にとっては、赤彦の弟子であったことを振りかざし息巻いている若造でしかなかった浪吉だったのだろう。

この家につつましやかに逢ひにける妻とはすでに争ありにき
堪へしのび行く生を子等に吾はねがふ妻の望は同じからざらむ
すぎにし日いかりて妻がたたきつけしほととぎすは庭隅に青く芽立ちぬ

土屋文明の『山谷集』にはつぎつぎとこういう歌

が並んでいる。文明と、妻のテル子との生活感が違っていたのはよく言われていることだが、夫婦愛、家族愛というものを文明はまず疑い、妻というよりは一人の女性としての強い人間の姿がここに描かれている。夫に守られて慎ましくいるような姿ではない。そのような点で、短歌的には文明は、時代を越えて新しさを目指していたのであるが、浪吉の拙い論や温かな作品にも私は強く惹かれ、浪吉を全否定はできないように思える。

（「塔」二〇一一年一月号）

長塚節「濃霧の歌」

大正三年、四月十五日、神田の病院に入院している長塚節宛に平福百穂、中村憲吉、島木赤彦、斎藤茂吉の寄せ書きの葉書が届いている。茂吉の顔をスケッチした百穂の絵葉書である。

斎藤君ハ禁をやぶつて煙草を喫む　小生の病気ハ本日全快近日お伺ひします（百穂生）

斎藤君がぢつとして居ます。こめかみがぴくぴくと動きます。紅い舌で短い口髭をなめます。扨て思ひ出したやうに「ああ明日から煙草をやめなければならん」と嘆声をもらしました。（後略）（憲吉）

赤彦の評をすこしづつ願ひます。却って工合がよいと思ひます（後略）（茂吉）

（「長塚節全集・別巻」）

何度かこのような寄せ書きが、節のもとへ送られ、アララギの仲間は一日も早い節の快復を願い、励ましていたのがわかる。文明はというと、大正二年、八月に一枚だけ節に宛てた書簡がある。同年の七月に亡くなった伊藤左千夫の遺稿のことでの原稿依頼と、指示をお願いするといった事務的な内容であった。茂吉たちのように長塚節との打ち解けたような付き合いが文明にはないのは、文明が歌を始めた時期に、もうすでに節は「アララギ」の中で主要なメンバーの歌人であり、大きな存在であったからであろう。

文明の生まれる十一年前、茨城県の国生村の豪農の家に、長塚節は長男として生まれた。二十一歳の時、新聞「日本」の短歌募集に応募し、明治三十三年、正岡子規の根岸庵に入門する。伊藤左千夫が子規と節との関係を「理想的愛子」と評したほど、晩年の子規は節をかわいがったようである。子規が亡くなるのが明治三十五年であるから、短い間の門人であった。明治三十六年、根岸短歌会の機関紙「馬酔木」が創刊され、伊藤左千夫、長塚節らが編集委員となった。当時は、「明星」の最盛期でこの雑誌はそれほど、歌壇からは注目されなかったようだが、左千夫の意気込みは強く、三十二冊を発行し、明治四十一年に終刊する。この雑誌に長塚節は、作品を六百首近く、万葉論、写生論、写生文などを発表した。節、二十五歳から三十歳までの身体も健康で、意欲的な時代と言える。

その明治四十一年に、「馬酔木」の後続誌として創刊されたのが、三井甲之を発行人とした「アカネ」である。この「アカネ」に「蛇床子」の名前で短歌、詩、写生文を投稿したのが十八歳の土屋文明である。節や左千夫も参加したが、甲之と左千夫の確執などにより、一年半を経て終刊する。

「アカネ」から八ヶ月遅れて創刊したのが「阿羅々木」で明治四十一年、編集は伊藤左千夫である。三号までが千葉から発行され、明治四十二年、東京市本所から「アララギ」と改名され刊行される。
この、明治四十二年の号より、文明（十九歳）の歌は左千夫選で掲載されることとなる。そのころの長塚節は、散文「炭焼のむすめ」という作品が、夏目漱石の目にとまり、写生文から、小説を書く方に意欲を燃やし、たくさんの小説を書いている。明治四十三年から漱石の連載小説「門」完結後を引き継いで「土」を新聞に連載し始める。明治四十三年頃といえば、二十歳の文明が、第一高等学校で留年になっている時期である。

明治四十四年、節は咽頭結核の診断をくだされ、療養を兼ねて各地を旅する。そのような中から大正三年、有名な「鍼の如く　其の一」が「アララギ」に発表され、二百五十首近い大作が次々と詠まれた。大正四年、二月に節は亡くなり、その翌年、文明は東京帝国大学を卒業、六年には「アララギ」の選者に加わり、七年には結婚をしている。

簡単に「アララギ」の成り立ちと、土屋文明、長塚節の二人の文学での時間差のようなものを見てきた。また、左千夫が亡くなるのが大正二年、節が亡くなるのが大正四年であるから、三人がともに活動した時期は数年であることがわかる。

事務的に歌を作るといふこともなくすがしかりけむ君が一生《ひとよ》は

君が歌よみつつゆけば歌といふものはここに極《きはま》りし如くも思ふ

昭和十一年に行われた「長塚節忌歌会」で文明はこのように詠んでいる。一首目、文明らしいウィットのきいた作品である。事務的にただ依頼のために作歌することなく、自身のためだけに純粋に歌を詠んだ節の一生を清しいものだったのだろうと考えるのは、歌人として、「アララギ」の発行人として多忙になっていた文明の状況と比較しているところがあるのだろう。二首目には節の歌に対する文明の並々ならぬ敬愛の念が感じられる。「アララギ」では昭和九年から十五年まで、長塚節合評をしていて、高田浪吉、鹿児島壽蔵、岡麓、佐藤佐太郎らに混じり土屋文明もその主要メンバーであるから、この歌を詠んだ時期は特に、節の作品について考えていた頃と思われる。

○濃霧の歌

　特に、文明が長塚節の歌で評価をしているのは明治四十一年の「濃霧の歌」という一連である。

　群山の尾ぬれに秀でし相馬嶺ゆいづ湧き出でし天つかも
　ゆゝしくも見ゆる霧かも倒に相馬が嶽ゆ揺りおろし来ぬ
　はろばろに匂へる秋の草原を浪の偃ふごと霧せまり来も
　久方の天つ狭霧を吐き落す相馬が嶽は恐ろしく見ゆ
　おもしろき天つ霧かも束の間に山の尾ぬれを大和田にせり
　秋草のにほへる野邊をみなそこと天つ狭霧はおり沈めたり
　しましくも狭霧なる間は遠長き世にある如く思ほゆるかも
　常に見る草といへども霧ながら目に入るものは皆珍しき
　はり原の狭霧は雨にあらなくに衣はいたくぬれにけるかも
　相馬嶺は己《おのれ》吐きしかば天つ霧おり居へだゝたりふたゝびも見ず

　十五首から十首を抽出してみた。ここに出てくる相馬嶺というのは群馬県のほぼ中央にある榛名山の外輪山で、榛名湖の東側に位置する山である。頂上からは関東平野が一望できるという。

　まず、文明にはこの歌に特別な思い入れもあったと見えて、「私はこの長塚氏の十一日に先立つこと十日許り、（略）摺臼峠を越えて長塚氏と反対の方向にこの山を越え、同じくこの霧の光景に遭ったのであるが、その時は勿論長塚氏のこともよくは知らず、比作の発表された「阿羅々木」も後には村上成之先生から示された筈であるが、この歌の妙味も分らずに長いこと過ぎて居たわけであつた」と回想している。（『長塚節歌集合評：下巻』）もともと、文明は群馬県上郊村の出身である。明治四十一年といえば文明は十七、八歳の学生であるが、相馬が嶽に行くことがあったのだろう。同じぐらいの季節に同じ場所を訪れていたという過去のちょっとした偶然も文明がこの歌にひきつけられた理由のひとつである。

一読して、この一連は節の歌にしては、雄雄しい感じの詠みぶりで、そのすぐ前の時期の作品、「菜の花の乏しき見れば春はまだかそけく土にのこりてありけり」や「やはらかに繁き林が梢よりほがらほがらと春は去ぬらむ」といった、柔らかな伸びやかさのある歌とはがらりと雰囲気が違っている。また、十五首全てに「霧」という言葉が詠まれていて、普通であればそれが煩わしかったり、表現が似通ったりするところを、重ならない表現で、さまざまな方向から、山と、霧という天象について詠もうとしている。本来の長塚節の歌は視点が細やかで、表現もさらに繊細なところがあるのだが、「ゆゆしく」や「恐ろしく」「おもしろき」など形容詞をさまざまに使い、ごつごつとした感じがやや異質な印象さえして来る。

文明は、『短歌小径』のなかで、この「濃霧の歌」が節のなかでは一生で最も力の入った作品ではないかと述べている。一つには連作の構成の方法において、普段は次から次へと興味が移っていく節の詠み方がここでは、「ひとつの感に集中しこの一連にまとめてあげている」と評価している。

細かく見ていくと、二首目の「ゆゝしくも」の歌は、導入部を表す、力強く大きな詠みぶりで「ゆゆしくも」や「倒《さかさま》に」という言葉が、工夫されていて、細かさを詠むというよりも力や動きといったものに眼を向けている。文明にいたっては「目に見えるようである」といった批評である。

「はろばろに」という作品では「今はこの好景も自動車で飛ばして了ふので、人の注意を惹くことが少ないやうに思ふが、私は自分の蓙《ござ》を著、草鞋をはいて越えた三十年前を思ひ出で、更に故人を偲んで轉々感慨に堪へざる気持ちがして来る」と自分の思い出にかなりふけっている。また「しましくも」の歌は「眼前の写生から一歩進めて居り、玩賞者は其點を汲取らなければいけない。」と、特に下句を評価している。「遠長き」という言葉は万葉集にもある語であるが、このような用い方は、節の時代、特殊であったのではないかという廣野三郎の批評もある。「白埴の瓶こそよけれ霧ながら朝はつめたき水くみにけり」や「白銀の鍼打つごとききりぎりす幾夜はへなば涼しかるらむ」といった「鍼のごとく」の中の作品が今日では長塚節の代表作としてあげられるが、「アララギ」の長塚節合評において、「鍼の如く」に対する文明の批評は慎重で、この「濃霧の歌」に対するほどの絶賛はない。本来の節の歌と、「濃霧の歌」をこのように比べると「濃霧の歌」には現場にいるリアリティ、取材性のようなものが濃く表われている。本来の歌のように、節のなかで長く時間を置かれ咀嚼され、詩的なものに置き換えられたものとは読み方がかなり違うように私には思えるのである。

○自然観

「濃霧の歌」についての文明の評価は、節の短歌に於ける自然観にも関わって来る。文明は、正岡子規と節を比べて考えている。子規は自然と対立し、自然を超克しようとしていたが、節の場合は何時もおだやかで人間に迫ってくることがないと書いている。

（『長塚節の自然観』）

しかもそれは誇張でもなく、歪めたのでもなく、作者の感受の浄水池を潜って自然にかくの如くなったのである。　（同）

文明は、節の書いた小説『土』には厳しい自然世界描写があるのに、短歌作品にはそれがほとんどないことを指摘しつつ、節の短歌についてこのように書いている。確かに、「こほろぎの籠れる穴は雨ふらば落葉の戸もてとざせるらしき」や「洗ひ米かわきて白きさ莚にひそかに棕櫚の花こぼれ居り」などの節の歌は文明が言うとおりで、自然に寄り添い、生活者の視点から細やかな眼で詠まれている。文明はそこに良さを見いだしつつも、物足りなさも感じていたのだろう。「濃霧の歌」を文明が、最大に評価したのは、節の「浄水池」の眼をさらにすすめて、自然の人間に対する威力というものを、節にしては珍しくとりあげ詠んでいることからである。こういう自然を「意地悪い自然」とも文明は書いている。(同)節が、「意地悪い自然」をどう作品化しようとしたかを文明は注目していたのだ。

富士登山

岳樺《たけかば》を押し薙《な》ぎ伏せし沢すぎて一足《ひとあし》ごとに苦しくなりぬ

七合目すぎ夏実が投げだしし荷《に》をとりあげて吾負《お》ひてゆく

夕ぐれと立ち来る岩の陰しげく二町《にちやう》程さきは遙かなる如し

山の気《き》に寝つかぬ夏実を幾度《いくたび》か外《そと》にともな伴ひて糞《くそ》をひらしむ

山おろし吹きあててゐる吾が足もとにに小《ちひ》さくなりて糞《くそ》たるる子よ

夜はふかく山のあらしの寒くなり暗き中空《なかぞら》に吾と吾が子居り

皆くるしみて登りつきたり明時《あかとき》のうすき光の中に息づく

くれなゐは海を泳《くぐ》ると見えにしがいま円《まど》かなりゆらら朝日子《あきひこ》

昭和十一年、十五歳の長男夏実を連れて、富士登山をした様子を文明は十九首詠んでいるが、そこから八首を抽出した。(『六月風』)

山を登っていく様子が身体感覚を通して伝わってくるが、「夕ぐれ」や「朝日子」のような、技巧的に美しい歌もあれば、「糞」のようななまなましい歌もある。〈浄水池〉と、節の本来の歌を文明は表現したが、節の気品ある歌の制限された素材、表現に対して問題意識を持っていたのではないだろうか。浄水池の底に沈むヘドロのようなものにさえ、歌にする価値があること、浄水池だけにおさまってしまうことに危惧を感じていたのではないだろうか。思えば、文明の第一歌集『ふゆくさ』も叙情的で初期から完成された歌集であった。節もまた初期作品から完成された表現の作品であり、また作歌を離れてある時期、小説を書いているところなども、文明の初期に似ている。しかし、文明の方は初期のそうした瑞々しい歌の作り方を第三歌集『山谷集』辺りから意識的に変えていっている。そこが二人の決定的な違いであったとも思う。

自然や季節を詠むときにもっと自由に詠むということを文明は言っている。(『短歌入門』)それは『万葉集』からもわかることで、後世の人の考えるように季節というものは「杓子定規」のものではないと言っている。秋の蛙や霞があってもいいし夏の寒い風があってもいい。感じたとおりに詠み形式に煩わされないよう作ることが大切とも述べている。

自然はやさしく、儚く美しい。そこを節はさらに美しく歌にしたのだが、その洗練された世界が逆に節の歌を狭くしたとも言える。文明が「濃霧の歌」を一番に評価した理由はその辺りにあるのではないだろうか。

(「塔」二〇一二年一月号)

解説

『ねむそうな木』解説

河野裕子

前田康子の歌を長く読み継いで来た。十年か、あるいはもう少し長く。二十歳前後の頃の彼女は、ほとんど肉体を感じさせない程に、ひょろりと背が高く、淡い印象の少女であった。いつのまにか、ふっと私たちの間に坐って歌を作っていた、という感じである。そういう彼女の歌は、いかにもその外観や雰囲気にふさわしく、何かとりとめのない淡い歌が多かった。歌は初めからうまく、一首一首はよく出来ているのだが、読む者を有無をいわさず引きずり込む迫力に乏しい。〝感じ〟はあるのに、何かが足りない。「どうしてだろうねえ。歌が、ふわふわしている。歌にもう少し錘が欲しいね。」と、その頃の前田に何度か言った記憶がある。才能を感じさせるものを抱いていながら、それを出しきれるきっかけを掴んでいないもどかしさ。それを、本人は誰よりも強く意識し、悩んでいたはずである。

前田康子の歌が、存在感をもち始めたのは、結婚前後の頃からである。

信号のむかいに立てる汝よその若き輪郭我は楽しむ

何だかこらえきれない顔をして１００％ジュース飲み干す君は

たどたどとみくじの文に目をこらし君が読みたる文語はおかし

心中の前に爪切ることなどを君に教えし小春日の部屋

こういう歌が「塔」誌上などに載り始めた。青春期の、不安で甘美な、とりとめのない気分の中に漂っていた彼女は、ひとりの恋人を得ることによって、気分ではなく、実在感を持った対象を見つめて歌うことの、しっかりとした手ざわりを、自分のものにしてゆく。

四首選んでみたが、歌われている恋人には、ごく日常的な自然さがあって、どこか悲壮な感じで相聞歌を作っていた私などの世代から見れば、この自然さが微笑ましく親しく思われる。「その若き輪郭我は楽しむ」、「何だかこらえきれない顔をして」、「君が読みたる文語はおかし」、といったフレーズには、若い恋人たちの、〝友だち感覚〟風のさり気なさがよく出ていて、いかにも今日的である。今日的といえば、四首目の、

　心中の前に爪切ることなどを君に教えし小春日の部屋

などは、まことにそうであって、『心中天網島』などの、もはやあり得ない時代の小春日の中での場面である。時代の小春日が長く続くとき、若者は、こういう形で擬似悲劇を味わってみたいのかもしれない。

　会わぬ日の寂しさも好きと汝は言う白ふくろうのようにまたたき

「逢ひ見てののちの心にくらぶれば昔はものを思はざりけり」という古歌があるが、恋をしているときの、もの思いのふかさは昔も今も変わるものではない。平安の敦忠は、後朝《きぬぎぬ》のこころを、このように切なく美しく歌いあげたが、前田康子は歌いあげはしない。淡々と歌って自然である。

　おはじきが遠くへ弾けていくように光を帯びて人のもとへと

歌集Ⅰ部は、この歌をもって終り、Ⅱ部は、

　　新居・東山仁王門町

　地図の上の卍の中にやがて住む二人の家を印しておりぬ

から始まる。

傘とかばんにて釣り合いとりし夫かな朝の埃
のなかへゆらゆら

クッキーをぼろぼろ零したセーターで同性の
ごと我を慰む

初読時より目についた二首で、読むたびに笑ってしまう。ひとつには、夫という人を、彼の十代からよく知っているからで、本人の物腰、風体を、この二首はまことによく活写しているからである。

友だちのような恋人と結婚して、友だち夫婦となり、その夫を、等身大のまま歌っているばかりでなく、「クッキーをぼろぼろ零した」子供みたいな態《なり》で、「同性のごと我を慰む」というのである。男とは、夫とは、という社会通念や、伝統的な固定観念から自由である。だから、妊娠しても、

右眉で笑いをこらえ春の日に正座して聞く夫
の忠告

分娩の話をすれば箸宙に浮かせて夫は少し怯
える

というスタンスを取ることになり、そしてそれがごく自然に歌われている。戦略臭を感じさせないこういうところが、前田康子の歌の身上なのであろう。

この自然さが、

ぽんぽんと私の腹に触れるのは長女のごとく
咲けるやぐるま

というような、健やかな歌を生むことになる。何というのびやかな、ことば択びであり、感受性だろう。

これらの歌の傍に、

逆境はいつ来るだろう泡のような木蓮の下ふ
たり過ぎつつ

同じようにジーパン穿いて歩いてた夫を置い

てはるかな時間を越え来

君の子を産むとは知らず初めての水着を買い
　に街に行きし日

のような歌を置いて読むとき、生の深部におろされている錘鉛の重さに気づかざるをえない。恋愛のさなかにある時には測り得ない、生への戦きと畏れを、おそらく女性は、妊娠中のある時、ふと気づき、深く体感として知るものなのである。

歌集の後半部は、子供の歌で占められている。

通り過ぎる他人の影につぎつぎと吸われてし
まうしゃがむ子のかげ

ミニカーの中の小さい座席かな風が止みたる
午後覗きいて

小さき石鹸は湯に溶けて消ゆ三人の寂しい顔
が似過ぎてる夜

いずれもいい歌だと思う。新しい歌い方はしていない。先蹤もあろうし、小市民的でもある。家族制度への批評もなければ、子供との距離を意識的に歌っているのでもない。前田康子の歌には、戦略や小賢しさは似合わない。

　この歌集は、当初、『万葉の子ども』という歌集名が選ばれていたと聞く。著者には、子供の歌を軸に歌集を編みたいという強い意図があったのであろう。この歌集評も、必ず子供の歌に触れて書かれるであろう。子供の歌を歌える時期は、作者や周囲が思っている程には長くはない。その時期は、はかない程に、すぐ過ぎてしまう。だから、今のうちに多くの歌を作っておいて欲しいと思う。

　前田康子の歌は、結婚前後から存在感を持ち始めたと先述した。子供を産んでからの歌には、更に安定感を見せ、日常の手ざわりを大切に、実感に即した表現法を自分のものにしつつあり、あるレベルの成果を得たことは確かである。しかし、私は必ずしもこの傾向をよしとして、彼女の歌を読んでいるのではない。

前田康子の歌の本領は、テーマとか、暮しの手ざわりといった方向では括ってしまえないところにあるのではないか。

飛び石に足を吸われて行く庭の古き景色が夢に現わる
諍い女《め》となりにし我はふわふわと赤き鳥居に吸い込まれたり
魔がさしたような目をしてうす暗き庭にしゃがめり我は老いゆく

これらの歌の、とりとめのなさ、情緒不安定の靄がかかったような不思議なおぼつかなさ、それは、彼女が二十代の初めの頃に、まだ自分の表現を摑みかねて、もどかしがっていた何かの、ひとつの表白のようにも読めるのである。

前田康子だけが持っている、〝ある感じ〟を、右にあげた三首は、少しは持っているかもしれない。それは、虚の存在感とでもいおうか、何かこの世の外に片脚をかけているような、不思議にさびしい何かなのであろう。

この歌集は、ぜひゆっくりと読んでほしいと思う。事柄や出来事に沿って、編まれているが、それに目を奪われず、彼女がほんとうに伝えたいとしている微妙なメッセージを読みとって頂きたいと思う。

平成八年九月三十日

（『ねむそうな木』解説）

内なる子供と母の間で
——歌集『キンノエノコロ』評

松村由利子

どんな大人も、かつては子供だった。内なる少年を持て余す男性の物語は文学作品に多いが、女性の中にも「永遠の子供」は存在する。前田康子の第二歌集『キンノエノコロ』は、母であることへの戸惑いを描きつつ、自らの「凡そ子供なるもの」と女性性を追求した物語である。

物語は、悠久の時間を感じさせる一首で始まる。

ひとは誰かの遺族でありぬちらちらと満作咲ける黄の向こう側

作者は第一歌集『ねむそうな木』で、最初の妊りに寄せて「同じようにジーパン穿いて歩いてた夫を置いてはるかな時間を越え来」と詠った。子供を得ると、女性は否応なしに母という役割を負わされ、遥かなる時間の流れの中で生き始めるのだ。掲出歌の、人はみな生まれ落ちた時から誰かしらの遺族なのだという発見は悲しい。しかし、それは生物に共通する自然の営みそのものである。いま生きている自分たちと満作の花を重ね、地球の長い歴史を一瞬にして振り返らせる、スケールの大きい歌だと思う。

ずんずんと銀河育ちている真昼子がいつか逢う一人を思う

子供を育てていると、ともすれば目の前のことに終始しがちだ。しかし、この作者はいとも自在に時空を飛び越える。自分の幼い子供がやがて恋をする相手はもう生まれただろうか、どんな人なんだろう、という下の句の空想もよいが、上の句の見事さは格別だ。変哲のない日常から一気に宇宙空間へ飛ぶ発想は、作者ならではのものであり、小気味よい。ずんずんと育つ銀河が、何だか昼寝をしている子供と重なるように読める面白さもある。

　とは言え、この作者は母である自分にまだ馴染んでいない。「母」という一つの役割に納まりきれないのは、現代に生きる女性の共通感覚かもしれない。


草はらに草の重心揺れ合いて尿《ゆまり》しており小さき私

長靴をいつからはいていないだろう　みずたまりの感じだけ残りて

独り言いってるように叱りつつ麦藁帽を被せてやりぬ

蜆蝶はね擦りあわす眠ったら初めから子のいないような部屋

　草原にしゃがめば、たちまち子供だった頃が蘇る。長靴をはいて、ずずーっと水たまりを進んだ感触もまだ鮮やかだ。「草の重心」「みずたまりの感じ」など、いずれも確かな感覚に支えられた表現である。所在のない不安を感じさせると同時に、作者の内側に子供である自分が今も、甘やかな回想としてではなく生きていることを納得させる。

　三首目は、「子供を叱っている自分の口調は、遠い日の母の口調を真似た独り言のようだなあ」という思いを、「いってる」とやや舌足らずに表現し、結句で「やりぬ」と慈しみに満ちた高みからの表現とした捻れが面白い。母である自分を否定しているのではない。ただ、時間がたてば慣れるというのでもない。多分、四首目の「初めから子のいないような」感じを折々に自覚しながら、母の役割をこなしてゆくのだろう。それは、「まるで子供がいなかったように感じてしまった」という一瞬の錯覚ではなく、子供をもったことのない自分が存在する時空間との、リアルな行き来に思えてならない。

　こうした揺らぎを感じつつ、作者は二度目の妊りを経験する。それは青春からさらに遠ざかる出来事であり、自分ではどうしようもない重さを負うことである。

合鍵を初めて貰いし秋の川その人の子を産みて渡り行く
いつ身籠りているかわからぬ身体なりすべりひゆ食べ一夏過ぎぬ
何日も橋を渡らず眠りたり指の先まで妊りて重し

かすかな哀しみと苛立ちが感じられる。しかし、訳の分からない身体を抱えつつも、自分の状況を引き受けようとする静かな決意に満ちている。川や橋を渡ったり、すべりひゆを食べたりするイメージは、新鮮なエロティシズムを感じさせる。単なる母性とは括りたくない、確固とした受容が好もしい作品である。

そして、若い母親が子供と接するときの感覚の、何と研ぎ澄まされていることだろう。幼い子供の姿が実に生き生きと描かれているのは、彼女の歌集の大きな魅力だ。

パジャマ脱ぎまたパジャマ着るまでの時間跳ねて跳ねて終わるこの子は
指の先まで餅のようなりおみなごは眠れるときもぺたりと垂れて
目薬の一滴で眼がいっぱいになりいたる子よ我を見つめる

片時もじっとしていない男の子の躍動感や、ぺったりした女児の抱きごこちが伝わってきて、「ああ、子供ってこういう感じだなあ」と幸福な気持ちになる。作者があるときは自分の内なる子供を重ね合わせ、あるときは観察者となる絶妙な距離感が生んだ秀歌だと思う。

二人の子供を育てている日々の中で、ふと疲れの兆すときが若い作者にもある。中年期にさしかかる、そのやるせなさは第一歌集には見られなかった感覚だ。

怒りつつ皿を沈める水の中怒っても怒っても

母であるしかなく
ああ我もヤクルトおばさんの年齢《とし》となり水鳥
のそば腰かけている
こうやって母もぼんやり眺めてたやかんの湯
気が激しく沸つを

母であることは本当に重く、逃げ出すことができない。一首目の「母」を「父」に置き換えたら、まるで歌にならないだろう。二首目の「ヤクルトおばさん」は、哀感に満ちたシンボルのようだ。お尻の大きな水鳥と相俟って、中年になりつつある哀しみが、ひしひしと伝わってくる。三首目の「湯気」のように激しく沸つものは、もはや「母」からは遠いのである。作者は自らの母親と自分を重ね合わせることで、「母」が抱く普遍的で、ぼんやりした焦燥感を見事に掬い取っている。

しかし、物語の終わり近く、作者は疲れを知らぬ子供性を謳歌する。

母なればジャングルジムに登りたり比叡の先
が少し見えたり
乳房がふわりと浮ける感じしてブランコに立
つ　妻なり昼も

「母」や「妻」であることは前田康子にとって枷にはならない。だから「母なれど」ではなく「母なれば」なのである。彼女はその場所にしっかりと足を着けてなお、不思議な浮遊感や取りとめのない不安に心ふるわせる子供であり続けるのだろう。年齢を重ねる身体と内なる子供とを今後どう調和させてゆくのか、前田康子の歌の世界のさらなる広がりが楽しみでならない。

（「塔」二〇〇三年四月号）

不完全な余韻
――歌集『色水』評

花山周子

前田康子第三歌集『色水』。めくってゆくうちに困ったなあと思った。どの歌も挙げたい。一首一首はとても淡いけれど、いや、淡いというよりは寧ろ儚いのだと思う。

野の中に朝顔咲けり秋の日を誰か上手にめくりて過ぎぬ

冒頭の一首。秋の日の心地よい気候が「上手に」という言葉を導いたのだろうか。「めくりて」は「秋の日」をめくると共に野に咲いている朝顔をめくっていくような、不思議に感覚が結びつく。そんなふうにめくられる秋の日は儚いし、同時に人を誘《さそ》う。『色水』という歌集の導入歌にふさわしいと思う。この歌もそうだが、前田さんの歌集には一貫して植物の歌が多い。以前は植物が風景として詠われていることが多かったけれど、今歌集では前田さんの意識が、詠われる植物の生態と密接に融合しているような歌に多く出会った。

草なかに胡瓜草だけ選りわけて摘みたり私の脳は静かに

残業とう時間私にもうなくて山あじさいの暗がりにいる

たくさんのエノコロたちがつないでる時間の中を通り抜けたり

羊歯たちが私の脚を噛んでいるそんな夢見て怪我の日は過ぐ

どくだみの匂いがすれば生きている気分強まり立ち上がりたり

海葡萄さわさわこぼれる心地して今日体から声が出せない

水槽の水は捨てずに鉢に撒け　明日を咲き継

ぐペチュニアのため

草あるいは木というのでなく、各固有名詞にはっきりと限定されている。このような限定はときによっては普遍性を拒否することもあるけれど前田さんの場合、その植物のことをよく知っていて丁寧に観察しているから、歌に登場したとき、他の植物名とは入れ替えられない説得力をもって、彼女の感覚や意識が導き出されている。こちらが知らない植物だとしても、こちらから知りたいと思わせるような感覚が導き出されているのである。この成功は当然、植物をよく観察しているというだけでなく彼女の持つ感覚との相互作用に拠るのだが、その感覚の有り様がどうにもうまく説明できない。こちらがもっと見つめなければいけない前田康子の本領のはずである。

水鳥の歌を挙げてみたい。

水はじく水鳥の胸見ていたり冬がだんだんそれていく日に

ユリカモメあれはま白き磁器ではない悲しみの音伝わるわけない

眼という二つの部屋に入りくるユリカモメたち同じ顔して

ゆらゆらり水鳥の背が揺れ続け中は空っぽのようにも見える

筋肉をひきしめ引き締め水鳥が岸に逃げ来る苦しい眼もせず

水鳥の冷えし内臓たぷたぷと岸に寄り来るパンを投げれば

水鳥も以前から詠われている。同じ事物が何回も何回も詠われているのにそこにはいつも新鮮な感覚があって、私は飽きない。常にそのときその物に即して前田さんの感覚があるからだろう。たとえば「水はじく水鳥の胸」のなめらかな曲線に沿って「冬がそれていく」。とても素直に感覚がなぞられている。それからその感覚に沿って文体や文字の丁寧な選択がなされている。「ひきしめ引き締め」。ひらがなの後に漢字にすることで本当に筋肉は引き締まる。その目的のためには調子はずれで、歌としての成立が危ういような歌もかなりある。二首目などもそうで、「ま白き磁器」と文語でおいて、あとは口語。そして微妙な破調。「ま白き磁器」でない、完璧でないものに対する「わけない」というダメ押しと、たどたどとした表現が切ない。前田さんの歌では感覚は確実に作歌の上で先行されている。しかし、感覚的と一般に言うときのふわふわした印象はない。感覚的な実感のあり方とでも言えばよいだろうか。それは例えば子供との生活という範疇の中で詠われた歌にも共通する。子供の歌というのはある意味ではプライベートなモチーフである。けれども子育てというのは子供時代をもう一度追体験することでもあり、そのような角度で詠われたとき、誰しもの子供時代に繋がる。前田さんは決して観念的な構造の中では子供を捉えない。丁寧に自身と重ねるように眺めている。

初めての通せんぼされ前髪が心細かり子は木犀の下
梅干しの種恥ずかしそうに出したるは大人だけかなこの食堂に
蠟燭を二、三ともせば少しだけつつましやかな子供となれり
ぴょんぴょんと私が跳べば二人子は真似して跳べりどんな場所でも
じゅずだまに針刺してゆく秋の夜に子はだんだんと寄り目している

私はこれらの歌が懐かしかった。小さな子供の気持ちを思うと切ない。もちろん切ないのは大人の方であるのだけど、「心細かり」と前田さんが捉えるものは小さい子供の外見的な頼りなさとともに自身の心理的な追憶であると思う。「木犀の下」がとてもいい。二首目の「大人だけかな」というやわらかな言い方も、哀しいやさしさがある。子供という時間の

儚さが思い起こされる。

先生に頭《ず》を下げ出でぬ懇談の部屋をスリッパの音ひきずりて

足音がどこかに跳ねてもどらない校舎の中を歩む夕暮れ

子供との生活の中でふっと子供から離れる瞬間には前田さん自身の少女の姿が立ち上がる。「スリッパの音ひきずりて」。普段はきっといいお母さんなのになぜか子供の先生の前でこんな態度をとっている前田さんに笑ってしまった。もどらない足音は、下校した（あるいは放課後の）子供たちの足音でもあり、卒業していった子供たちの足音でもあり、過去・現在の前田さん自身の足音でもあるのではないか。校舎という建物の持つ特異性が何気ないのによく表現されている。最後にもう少し文体のことに触れておきたい。

「あなたは」というとき　折りたたまれた君を広げるように言う

十字に紐かけ小さな札ついて届きし昔の小包というは

いつも時計進めていたる友多くほんとうの時刻を私に聞きぬ

今日我は暗がりにいて紫の蜆蝶ほどの明るさしかない

竹のごとく乾いた口腔話すたび孤独の神は出入りしたり

わがままをめったに言わない下の子がひよこ売り場の前を動かぬ

庇われ過ぎた妹だったのかもしれずそれくらいのことで凹む私は

前田さんが孤独やさびしさを抱えたもの、心理を歌にするとき、このように調子が崩れる。そのために不完全な余韻が歌に残されている。六首目の場合は破調はほぼないが、「言わない」という口語による、普段は自己主張のない下の子の存在感の薄さのようなものが下句「動かぬ」によって立ち上がってくる。作者の細やかな視線を感じる。もっと多くの歌に触れたいし挙げたいけれど、やっぱり歌集として読むのが一番いいのだろうと思う。どの歌も一見淡くとも見過ごすことのできない歌であることにきっと驚くことと思う。

草笛に口紅つくを捨ててゆく草の高さの風にまぎれて

草笛に口紅がついたのを見て、嫌悪感を覚える。けれどそのことをとりたてて騒ぎはしない。ただ、何かにまぎれさせる。まぎれたい。そんな前田さんの繊細さがとても儚いと思うのである。

（「塔」二〇〇六年一二月号）

草花を歌うこと
——前田康子を読みながら

なみの　亜　子

まなざしと視界

草花を歌おうとすることには、どういう心の働きがあるのだろう。遠い昔の草花の歌は、「花」や「鳥」と同じく、「草」「若菜」「くさむら」といった総称で詠み込まれることが多かった。それが近代に入ると、同じ木でも梅なのか桜なのか桃なのか、もう少し具体的になってくる。ただ木や花に比べて、草はまだ若草、枯れ草、芝草といった大まかな把握をされがちで、具体的な固有名で詠まれることがあまりなかった。木は人の目の高さか或いは、見上げるかたちになる。歌いあげようとする心に引き寄せやすい。またその形状や特徴が、離れていても見分けやすいのである。それが草になると、まなざしを下へ下へ、思いきり見下げることになる。ものによっては、屈むようにして接近しなければ見分けにくいものもある。そうしたことと関わりがあるのだろうか、草花の歌い方には男性と女性とで、わりあいにくっきりと異なっているのが興味深い。

男性で小さな草花を盛んに歌った筆頭は、北原白秋の『桐の花』ではないか。全体に草、畑の野菜、鳥、虫といったものを、繊細かつメランコリックに歌っている印象である。

魔法つかひの鈴振花《すずふりはな》の内部《なか》に泣く心地こそすれ春の日はゆく
秋の草白き石鹼《しやぼん》の泡つぶのけはひ幽かに花つけてけり

小さな草の個別の風情や気配を、詩的な比喩で表現していて情感がある。まなざしを低くして見分け、さらにじっと目に焼きつける時間をもたねば、なかなかこうは歌えない。この時期の白秋には、下の方にあるささやかなものを目のやりどころとした、そんな時間が多くあったことを推測させる。人妻との途ならぬ恋に落ちていた時期。白秋の、俯き加減の時代というか。まなざしを下に降ろすことで、小さな草や花固有のひっそりとした存在の価値、輝きを見出し、そこに自らの秘められた恋の風情、かなしみが重ねられていく。前川佐美雄の『捜神』になると、また違った草花が現れる。

昼寝より覚めて来つればなびくがに虎の尾の花が靄のなかなり
出不精のわれとなりつつ早や師走槖吾《つはぶき》の花の黄色怪しむ

戦時の歌集刊行の順序や戦争歌の二面性によって、便乗歌人というレッテルを貼られた佐美雄は、この前の歌集から『捜神』刊行まで十六年間を沈黙した。長く重苦しい、撫聊の時間のなかで、雑草へのまなざしが伸びていく。白秋のようにその形状や色彩に表現を託していくのではなく、佐美雄の場合には雑草のようなものに目をやらずにいられない、そんな自分のまなざしの在りようが屈託として表現されている感じだろうか。顧みられない存在に引っかかってしまう目線。その不遇感が自虐や捨て鉢な心にまでいくと、「まじまじとわれを見つめて訴ふる茸のくらき目が土の面に」といった、「茸」の歌になってくる。もう地面すれすれの、土の吹き出物のようなる「茸」に、視線を食い込ませていくのである。

「足下を見る」という言い方は相手の弱みにつけ込む意味だが、白秋や佐美雄においては、人生のいち時期をまさに自分の足下を見ることでしのがざるを得なかった。しかしそこには、これまで単なる「草」だったものが、それぞれに違ったおもむきを持ちながらけなげに生きている。その愛おしさに秘めた恋心を重ね、詩を見出す。或いは、存在を顧みられないものとして心を寄せ、自らを映す。いずれにせよ、草花へのまなざしでもって歌と自分を立たせている。

一方、女性歌人の場合にはしばしば、出産や子育てを機に草花や虫を歌い始めるが、メルヘンの方向へは行かないのが面白い。

あたたかく白毛を被《き》る草の葉と吾子の生毛とともにかなしき　石川不二子『牧歌』

首いまだぐらぐら揺れる子を抱きかがみて赤きおしろい花見す　花山多佳子『楕円の実』

血止め草はびこる庭にひんやりと立たせておりぬ膝丸き子を　前田康子『ねむそうな木』

引いた三首はまだ子が本当に幼く、立たせるにも手助けの必要な時期の歌だろう。いずれも母が、そんな子の身の丈に自らの視界を結んでいこうとする、そこに草花の存在が立ち上がってきている感じだろうか。まなざしを注ぐといういち方向からの線的な働きかけではなくて、子と自分の視界を結ぼうとする面的な働きかけのなかに草花がある。草花自体の描写に凝らずとも、そんな温かな広がりをもって歌われることで、草花が息づいてくるのである。

三歳《みっ》になる子がつくづくと見凝めつつ怖《こは》しと
いひしおきなぐさの花
　　　　　　　　　石川不二子『牧歌』

熱出でし子は語りおりキリンソウ咲くあたり
にて顫え来たると　花山多佳子『砂鉄の光』

雪とけて無口になりし幼子は木賊《とくさ》をつなげ遊
んでいたり　前田康子『キンノエノコロ』

　少し育ってくると、子は草花の形状や感触に関心をもち、手に取って遊び始める。母たちの視界においても、子や草花がいきいきと息づき、生命力を発揮していく。そんな視界を獲得することで、母もまた子の時間を生き直すところがあるのだろう。引いた三首では、歌われた子どもたちに負けず劣らず、どの草花もくっきりと独自の存在感を発揮している。その存在感が、リアリティにつながる。

　草花には、葉や花の形を何かに例えて名付けられたものが少なくない。存在感がその名と直結しているものとの出会いは、大人にとっても驚きや発見だったりする。石川の一首は、まさにそんな草花との出会いが、新たな母と子の視界をひらく場面だろうか。花山の二首目は、子の場所や空間の認識、事物の起点における印象が草花なんだ、ということ、そのことに立ち止まった母の心が歌わせているが、その母の視界にも、キリンソウの咲きそよぐ場所が個別の場所として共有されているのだ。前田の一首は、積雪の世界というちょっとした非日常がなくなってしまったもの淋しさ、つまらなさを、無口になって木賊をつなげる子に見ている。特に木賊のような、そのへんにつんつん生えている花も実もない草は手すさびの相手に恰好で、人と草の親密な関わりようまでかかえこんだ視界が、ふくよかだ。前田はこういう雑草中の雑草のようなイネ科の草を好み、よく歌っている。そこに存在の淋しさのようなものも漂う。

　ハルジョオンとアカツメグサに差すいろのど

こか同じに神経に触る　花山多佳子『草舟』

青芝は抗いがたきかやわらかく貧しく拡がる

スズメノカタビラ

水筒をさげてる肩の細かりきすずめのえんどう摘んでやりにき

前田康子『キンノエノコロ』

秋の野の底は深くて野紺菊摘みながら子はよろけておりぬ

子の行動範囲が広がり、遊びの作法にも個性や創造性が発揮されるようになると共に、母たちの草の歌もどんどん進化していく。ことに花山の第四歌集『草舟』は、そんな草花や虫の歌が並々ならぬ精彩を放っており、同結社の後輩である前田に与えた影響は小さくなかったはずだ。ただ花山の場合はこの頃から、母と子という視界においてではなく、草花自体に見入る、その情熱において子と連帯していく。草花と自分とは、あくまで固有の関わりをもつのである。比べて前田は、「摘んでやりにき」「秋の野の底は深くて」など、母に子どもの心、子どもの身の覚えとのつながりがあって出てくるような表現になるのが不思議だ。視界は子と草花の現在なのだが、その草花たちが、前田自身の過ぎた子どもの時間を現在の視界のなかに連れてきているのではないか。草花がそれだけの時間の幅をもってそよぎ、時間をくるむように詠まれていて、不思議な淋しさと奥行きがある。草花が、母と子の生の時間をつないでいるようなのだ。

生の時間のそよぎ

前田康子はこれまでに、『ねむそうな木』（一九九六年）、『キンノエノコロ』（二〇〇二年）、『色水』（二〇〇六年）の三冊の歌集を出している。そのうち第一歌集『ねむそうな木』は、大学を出て社会人として働き、やがて結婚。家庭に入り、第一子を産むまでの歌を収録する。二十歳〜二十八歳という若い盛りの歌なのだが、前田の歌には感性をきらめかせる、声を張ってうたいあげる、背伸びをしたり大きな身振りをする、というような力みがまるでなく、いたってナチュラル。九十年代の若い女性像からすれば、むしろ慎ましやかな感じさえする。この人の生地が恐らくそうなのだろう。そしてこの第一歌集ではまだ、そう草の歌ばかりが目につくわけではない。

飛び石に足を吸われて行く庭の古き景色が夢に現わる

深々と麻のスーツに抱かれて君をわかるまでじっとしている

ごく初期の頃の歌。ナチュラルな味わいは、技巧らしいものが目立たない印象からもくるのだろうか。一首のなかにイメージや象徴化による見せ場をつくらず、抽象的なぼかしも入れない。言葉が先走らない。言わんとすることがその内実をもってきちんと手渡されるために、一読、読まれたことがすとんと入ってくる。歌の言葉がとても身近な、よく使い込んだものばかりなのも自然なリアルな印象につながるのだが、時にそれがやや時代がかった文語調で来るあたりは、どこかたどたどしいような感じも招く。

しかし例えば一首目、古い庭にあった飛び石を飛ぶ、その感覚ごと夢のなかに現れた、と読んだが、「飛び石に足を吸われて行く」というような表現に、注目する。飛び石の間隔を目測して跳び、足を着地させていく。その一連の、一瞬一瞬のうちに行っている身体の動きが、「足を吸われて行く」と言われることで実に頼りない、かつ不可思議な石からの誘いに応じるような動きであることに気づく。飛び石という小さな自然の配置にふうっと身を任せている、そんな自分の感覚と身の覚えにこそ、自分にとっての飛び石のリアリティがある、といった歌い方だろうか。

二首目の相聞歌は、歌意のとりやすさに比して、読後に残るある淋しさ、のようなものが印象深い。「深々と」と「麻のスーツに」抱かれている、という言い方は何気ないようだが、抱擁の包み込まれるような感触がよくわかる。その下句、抱擁の歌の展開としては意表をつかれる。抱擁における動悸を言うのではなく、「君をわかるまでじっとしている」という静かな、身の任せ方。「じっとしている」という日常的な言葉遣いが、不器用ながらも実直さをもってそのことの手触りを伝えてくる。手触りとは、自分を抱く相手の実体を本当に体感できる、確かな実体として獲得できるというか。それまでじっとしている、というのであろう。

打って出たり迎えに行ったりはしないが、自分にとって大切なものには自然に、しなだれかかることなく身を任せていく。任せていくことで、リアルさ、そのものへの実感を得ようとする。そして、任せるときのそよぎ、心身の感触をよく使い込んだ言葉ですくいとろうとする。言葉のちょっとした誇張や嘘が、そんな微妙な、とりこぼしやすいものを落としてしまわないか、前田はそこに心を配っているのであろう。自然や他者と通じ合う、ということがまず身をもってすることとしてあって、言葉はその後。そうして獲得したリアルさをどう嘘なく、自分の地平で伝えられるか、なのだ。前田の歌が確かで独自な力をもつことは認められながら批評されにくいことの理由に、こういう地味でいわく言い難い自然や他者への通じ合い方があって、その機微を、ごく平易な言葉で歌い得ているところにあるのではないか。

馬の腹打ちたきものを体温の抜けたる顔のひと帰り来れば
ばちばちとあれはボールが肉を打つ音雨の日の体育館に

一方で、結婚直後には、こういう強い肉体性を感じさせる歌も出てくる。一首目は二句切れで読んで、会社から疲れ果てて帰宅する夫を詠んでいると見る。問題は初句、二句。「馬の腹打ちたきものを」は底に衝動を抱えたような表現だが、例えば、競走馬にまたがる騎手がするように、行け行け、と「馬の腹」を打って走りを励ましていくようなことを言っているのだろうか。夫への、もっと力強くあって欲しい、という心の比喩としてはかなり突飛だ。が、それがとどめの言葉を呑み込むような二句切れで来て、「体温の抜けたる顔」という比喩とつながってくるところで、荒い息遣いを伴うような肉体感が表出されてくる。生き物の体感性によって伝わる、どこか原始的な生命感が面白い。

二首目。春雨の日の、くぐもりながらどこか局部的に冴え渡るような音の聞こえ方が歌われていてはっとするが、「ぱちぱち」と「ボールが肉を打つ音」に引き留められる。実際にはバレーボールかバスケットボールの練習の音だろう。人の手が球を打つ音を、「ボールが肉を打つ」音と言うことで、ぎょっとするような奇妙な肉体感が現れる。それが「ばちばち」という濁音の目立つ音と結びつけられて、なまな肉体感が現れてくる。こういう、どきっとするような直裁的な肉体感の表現も、前田の歌にはしばしば見つかる。

新婚の日常とは、夫という異性との同棲を始めることにより、否応なく女性である自分の肉体を意識する時間でもある。こうした歌は、その肉体感の表出という側面もあるかもしれない。ただ、前田という人は、常に生き物の身、身体というものに意識がいく気がする。自分の身体にも、いち生き物のそれとして素朴な関心と愛おしみとがあるのだ。きちんと対話し扱っていきたい。そんな傾向が、妊娠という肉体的な体験によって、一気に歌の力になっていく。

隣家の楠の葉舞い込む庭に向き両の乳房を陽に当てている
カラー図の通りにやがて子は出で来　泡に包みて洗いぬ陰を

歌集で隣り合っている二首。一首目には「お産の本にはいろいろ書いてある」という詞書が添えられている。「両の乳房を陽に当てている」「カラー図の通りにやがて子は出で来」という表現の即物性に驚くが、そこには知的好奇心に似た、身体の未知なる体験へのまっすぐな向き合い方があろう。また、乳房を日光浴させる、子が出るはずの陰を洗うことには、そうした行為を通してわが身体と対話しているおもむきがある。背後には当然、出産という体験への怖れや不安があり、そうした歌も作られているが、怖れに傾きそうな自分を、身体に拠ることで踏みとどめる。身体というものを拠り所にして、事象や物事につど寄り添い向き合っていくのである。

ぽんぽんと私の腹に触れるのは長女のごとく咲けるやぐるま

病院の暗きさ庭にどんぐりを拾え拾えと腹の子が言う

そして、出産に向かっていくあたりから、前田に草花の歌が増えてくる。一首目のヤグルマソウという草花は、葉はわりと立派だが、茎と花は華奢ですうっと上に伸びていく。長女のような、という形象や風情の比喩には、単なる擬人化を越えた親しみがにじみ出ていよう。初句の「ぽんぽん」もとてもいいのだが、先に見たボールの歌の「ぱちぱち」をふと思い出す。微妙な肉感のある音で、張った肉身に弾むような、そうすることで内にいる子にも話しかけてくれているような、そんな音。どこにも歌われていないはずの子という生き物の生命感が、すんと現れてくるのである。二首目はさらに、腹の子が「どんぐりを拾え拾え」と言ったという。自分の身と身の内の生命とどんぐりとの、三者による体感交流のこの豊かさはどうだろう。子という生命を内包した身体をもってみて、その重心を低くし身を任せていったときに、草花が生を営む地平と前田の視界が地続きのものになっていった。草花という生あるものとの付き合いが、わっと通じ合うものになっていったのではないか。そこは、生のリアリティを確かに触れる場所でもあろう。

草はらに草の重心揺れ合いて尿《ゆまり》しており小さき私

ぱきぱきと冬草踏みて帰る子よ寂しい時間も
あるのだこんな　　　　　　　　『キンノエノコロ』
かわいいと頭くっつけ見ていたりカヤツリグ
サ科ユキノコボウズ　　　　　　　　『色水』
どくだみの匂いがすれば生きている気分強ま
り立ち上がりたり

やがて第二子を産み、前田はたいへんな子育ての時間に入っていく。だが、自分とその身を離れた子どもとは、草花と地続きのところに紡がれる生の時間でつながり、いきいきとまた時に淋しくそよいでいく。それが、生の感触でもあるのだ。一首目は、草はらで尿をたす自身の幼い頃を回想しているが、「草の重心揺れ合いて」と、いわば草の身体がしっかりと表現されることによって、そのそよぎがよく見える。草と共にある母が自らの生の時間もそこにそよがせ、美しくまた淋しい。二首目、「ぱきぱき」は、今ここで子のたてている草の音であり、母が子であった頃にたてた草の音でもあろう。冬草を踏んで帰る身の覚えが母の時間をそよがせ、自身がそよぐことで子の生を抱きしめているのだ。三首目、四首目の頃には子が随分大きくなってきて、子の身の感触や自分の生の実感が、草花とともに丁寧に見つけ直されていくようになる。この先、前田の草花の歌がどう深化していくのか、興味深い。

この世にある母と子の生の時間が、草花と共にそよぐ。前田康子の歌の確かな、ありありとした手触りと独特の淋しい風情は、こんな草花の歌い方からもたらされるところもあるのではないか。そしてそれは、この人の生あるものとの身をもってする通じ合い方、働きかけから生み出されてくる表現であろうことは、紛れない。

足もとのたんぽぽたちは健やかだ　どうつて
こと無いよなあ、ほんと　河野裕子『母系』
倖せ過ぎたが天罰と人言へば肯ひそよがむ風
草のやうに

実は河野裕子の最新歌集にも、草花の歌がやたらに見つかる。この歌集は、実母の死と自らの病の再発を抱えつつ子と幼い孫たちの生を愛おしむという、自分を含め四代にわたる生の時間をひたすらに見つめ、歌いきった歌集だと言っていい。もともと小さな草花を身近に感じよく歌ってきた河野だが、この歌集では自分につながる人とその生の時間が、病や死にひとまとめにされていきそうなところを、草花がそよいでほどいていく感がある。総体ではない、具体なのだと。ありふれた人の生の、その一刻一刻のかけがえのなさ。

草花の歌い方も一様ではない。だが、ありふれて見える草花の、その一つ一つと親しむ時間には、思わぬ豊かさがありそうだ。

（「塔」二〇〇九年四月号）

前田康子歌集　　現代短歌文庫第139回配本

2018年7月19日　初版発行

著　者　前　田　康　子

発行者　田　村　雅　之

発行所　砂　子　屋　書　房
〒101-0047　東京都千代田区内神田3-4-7
電話　03－3256－4708
Fax　03－3256－4707
振替　00130－2－97631
http://www.sunagoya.com
装本・三嶋典東

現代短歌文庫

（　）は解説文の筆者

①三枝浩樹歌集
『朝の歌』全篇
②佐藤通雅歌集（細井剛）
『薄明の谷』全篇
③高野公彦歌集（河野裕子・坂井修一）
『汽水の光』全篇
④三枝昻之歌集（山中智恵子・小高賢）
『水の覇権』全篇
⑤阿木津英歌集（笠原伸夫・岡井隆）
『紫木蓮まで・風舌』全篇
⑥伊藤一彦歌集（塚本邦雄・岩田正）
『瞑鳥記』全篇
⑦小池光歌集（大辻隆弘・川野里子）
『バルサの翼』『廃駅』全篇
⑧石田比呂志歌集（玉城徹・岡井隆他）
『無用の歌』全篇
⑨永田和宏歌集（高安国世・吉川宏志）
『メビウスの地平』全篇
⑩河野裕子歌集（馬場あき子・坪内稔典他）
『森のやうに獣のやうに』『ひるがほ』全篇
⑪大島史洋歌集（田中佳宏・岡井隆）
『藍を走るべし』全篇
⑫雨宮雅子歌集（春日井建・田村雅之他）
『悲神』全篇
⑬稲葉京子歌集（松永伍一・水原紫苑）
『ガラスの檻』全篇
⑭時田則雄歌集（大金義昭・大塚陽子）
『北方論』全篇
⑮蒔田さくら子歌集（後藤直二・中地俊夫）
『森見ゆる窓』全篇
⑯大塚陽子歌集（伊藤一彦・菱川善夫）
『遠花火』『酔芙蓉』全篇
⑰百々登美子歌集（桶谷秀昭・原田禹雄）
『盲目木馬』全篇
⑱岡井隆歌集（加藤治郎・山田富士郎他）
『鵞卵亭』『人生の視える場所』全篇
⑲玉井清弘歌集（小高賢）
『久露』全篇
⑳小高賢歌集（馬場あき子・日高堯子他）
『耳の伝説』『家長』全篇
㉑佐竹彌生歌集（安永蕗子・馬場あき子他）
『天の螢』全篇
㉒太田一郎歌集（いいだもも・佐伯裕子他）
『墳』『蝕』『獵』全篇

現代短歌文庫

（　）は解説文の筆者

㉓春日真木子歌集（北沢郁子・田井安曇他）
『野菜涅槃図』全篇
㉔道浦母都子歌集（大原富枝・岡井隆）
『無援の抒情』『水憂』『ゆうすげ』全篇
㉕山中智恵子歌集（吉本隆明・塚本邦雄他）
『夢之記』全篇
㉖久々湊盈子歌集（小島ゆかり・樋口覚他）
『黒鍵』全篇
㉗藤原龍一郎歌集（小池光・三枝昂之他）
『夢みる頃を過ぎても』『東京哀傷歌』全篇
㉘花山多佳子歌集（永田和宏・小池光他）
『樹の下の椅子』『楕円の実』全篇
㉙佐伯裕子歌集（阿木津英・三枝昂之他）
『未完の手紙』全篇
㉚島田修三歌集（筒井康隆・塚本邦雄他）
『晴朗悲歌集』全篇
㉛河野愛子歌集（近藤芳美・中川佐和子他）
『黒羅』『夜は流れる』『光ある中に』（抄）他
㉜松坂弘歌集（塚本邦雄・由良琢郎他）
『春の雷鳴』全篇
㉝日高堯子歌集（佐伯裕子・玉井清弘他）
『野の扉』全篇
㉞沖ななも歌集（山下雅人・玉城徹他）
『衣裳哲学』『機知の足首』全篇
㉟続・小池光歌集（河野美砂子・小澤正邦）
『日々の思い出』『草の庭』全篇
㊱続・伊藤一彦歌集（築地正子・渡辺松男）
『青の風土記』『海号の歌』全篇
㊲北沢郁子歌集（森山晴美・富小路禎子）
『その人を知らず』を含む十五歌集抄
㊳栗木京子歌集（馬場あき子・永田和宏他）
『水惑星』『中庭』全篇
㊴外塚喬歌集（吉野昌夫・今井恵子他）
『喬木』全篇
㊵今野寿美歌集（藤井貞和・久々湊盈子他）
『世紀末の桃』全篇
㊶来嶋靖生歌集（篠弘・志垣澄幸他）
『笛』『雷』全篇
㊷三井修歌集（池田はるみ・沢口芙美他）
『砂の詩学』全篇
㊸田井安曇歌集（清水房雄・村永大和他）
『木や旗や魚らの夜に歌った歌』全篇
㊹森山晴美歌集（島田修二・水野昌雄他）
『グレコの唄』全篇

現代短歌文庫

㊺上野久雄歌集（吉川宏志・山田富士郎他）
『夕鮎』抄、『バラ園と鼻』抄他

㊻山本かね子歌集（蒔田さくら子・久々湊盈子他）
『ものどらま』を含む九歌集抄

㊼松平盟子歌集（米川千嘉子・坪内稔典他）
『青夜』『シュガー』全篇

㊽大辻隆弘歌集（小林久美子・中山明他）
『水廊』『抱擁韻』全篇

㊾秋山佐和子歌集（外塚喬・一ノ関忠人他）
『羊皮紙の花』全篇

㊿西勝洋一歌集（藤原龍一郎・大塚陽子他）
『コクトーの声』全篇

(51)青井史歌集（小高賢・玉井清弘他）
『月の食卓』全篇

(52)加藤治郎歌集（永田和宏・米川千嘉子他）
『昏睡のパラダイス』『ハレアカラ』全篇

(53)秋葉四郎歌集（今西幹一・香川哲三）
『極光―オーロラ』全篇

(54)奥村晃作歌集（穂村弘・小池光他）
『鴇色の足』全篇

(55)春日井建歌集（佐佐木幸綱・浅井愼平他）
『友の書』全篇

（　）は解説文の筆者

(56)小中英之歌集（岡井隆・山中智恵子他）
『わがからんどりえ』『翼鏡』全篇

(57)山田富士郎歌集（島田幸典・小池光他）
『アビー・ロードを夢みて』『羚羊譚』全篇

(58)続・永田和宏歌集（岡井隆・河野裕子他）
『華氏』『饗庭』全篇

(59)坂井修一歌集（伊藤一彦・谷岡亜紀他）
『群青層』『スピリチュアル』全篇

(60)尾崎左永子歌集（伊藤一彦・栗木京子他）
『彩紅帖』全篇『さるびあ街』（抄）他

(61)続・尾崎左永子歌集（篠弘・大辻隆弘他）
『春雪ふたたび』『星座空間』全篇

(62)続・花山多佳子歌集（なみの亜子）
『草舟』『空合』全篇

(63)山埜井喜美枝歌集（菱川善夫・花山多佳子他）
『はらりさん』全篇

(64)久我田鶴子歌集（高野公彦・小守有里他）
『転生前夜』全篇

(65)続々・小池光歌集
『時のめぐりに』『滴滴集』全篇

(66)田谷鋭歌集（安立スハル・宮英子他）
『水晶の座』全篇

現代短歌文庫

（　）は解説文の筆者

現代短歌文庫

（　）は解説文の筆者

現代短歌文庫

（　）は解説文の筆者

111 木村雅子歌集（来嶋靖生・小島ゆかり他）
『星のかけら』全篇

112 藤井常世歌集（菱川善夫・森山晴美他）
『氷の貌』全篇

113 続々・河野裕子歌集
『季の栞』『庭』全篇

114 大野道夫歌集（佐佐木幸綱・田中綾他）
『春吾秋蟬』全篇

115 池田はるみ歌集（岡井隆・林和清他）
『妣が国大阪』全篇

116 続・三井修歌集（中津昌子・柳宣宏他）
『風紋の島』全篇

117 王紅花歌集（福島泰樹・加藤英彦他）
『夏暦』全篇

118 春日いづみ歌集（三枝昂之・栗木京子他）
『アダムの肌色』全篇

119 桜井登世子歌集（小高賢・小池光他）
『夏の落葉』全篇

120 小見山輝歌集（山田富士郎・渡辺護他）
『春傷歌』全篇

121 源陽子歌集（小池光・黒木三千代他）
『透過光線』全篇

122 中野昭子歌集（花山多佳子・香川ヒサ他）
『草の海』全篇

123 有沢螢歌集（小池光・斉藤斎藤他）
『ありすの杜へ』全篇

124 森岡貞香歌集
『白蛾』『珊瑚數珠』『百乳文』全篇

125 桜川冴子歌集（小島ゆかり・栗木京子他）
『月人壮子』全篇

126 柴田典昭歌集（小笠原和幸・井野佐登他）
『樹下逍遙』全篇

127 続・森岡貞香歌集
『黛樹』『夏至』『敷妙』全篇

128 角倉羊子歌集（小池光・小島ゆかり）
『テレマンの笛』全篇

129 前川佐重郎歌集（喜多弘樹・松平修文他）
『彗星紀』全篇

130 続・坂井修一歌集（栗木京子・内藤明他）
『ラビュリントスの日々』『ジャックの種子』全篇

131 新選・小池光歌集
『静物』『山鳩集』全篇

132 尾崎まゆみ歌集（馬場あき子・岡井隆他）
『微熱海域』『真珠鎖骨』全篇

現代短歌文庫

（　）は解説文の筆者

⑬続々・花山多佳子歌集（小池光・澤村斉美）
『春疾風』『木香薔薇』全篇
⑭続・春日真木子歌集（渡辺松男・三枝昂之他）
『水の夢』全篇
⑮吉川宏志歌集（小池光・永田和宏他）
『夜光』『海雨』全篇
⑯岩田記未子歌集（安田章生・長沢美津他）
『日月の譜』を含む七歌集抄
⑰糸川雅子歌集（武川忠一・内藤明他）
『水螢』全篇
⑱梶原さい子歌集（清水哲男・花山多佳子他）
『リアス／椿』全篇
（以下続刊）

水原紫苑歌集　篠弘歌集
馬場あき子歌集　黒木三千代歌集
石井辰彦歌集